宦海升沉錄

帝國的夢與民國的觸摸

——袁世凱的風雲人生

黃世仲 著

深入揭示清末民初政局，連接歷史與當下的反思

精準捕捉時代文化潮流，細膩刻畫社會風情景象

生動描繪其波瀾起伏的爭議人生，真實呈現袁世凱的人性面！

目錄

◆第一回　入京華勳裔晉道臺　遊天津爵臣徵幕府……007
◆第二回　監朝鮮使節趲遙程　入京華群僚開大會……021
◆第三回　宴華園別友出京門　雷天津請兵平亂黨……031
◆第四回　爭韓政清日交兵　策軍情袁氏返國……041
◆第五回　改電文革員遭重譴　練軍營袁道拜私恩……047
◆第六回　談新政袁氏擢侍郎　發私謀榮相興黨禍……057
◆第七回　革樞臣黨人臨菜市　立阿哥天子入瀛臺……067
◆第八回　附端王積仇騰謗語　發伊犁送友論交情……077

目錄

◆ 第九回　蓄異志南省括資財　勘參案上房通賄賂……087
◆ 第十回　墮慾海相國入迷途　剿團黨撫臣陳左道……099
◆ 第十一回　立盟約疆臣抗偽命　獎殊勛撫帥授兼析……113
◆ 第十二回　離東島返國謁疆臣　入北洋督衙擒刺客……123
◆ 第十三回　縱刺客贈款南歸　對強鄰觀兵中立……135
◆ 第十四回　論中立諸將紀功　興黨禍廿人流血……151
◆ 第十五回　疚家庭介弟陳書　論國仇學生寄柬……159
◆ 第十六回　贖青樓屬吏獻嬌姿　憾黃泉美人悲薄命……169
◆ 第十七回　爭內閣藩邱擊疆臣　謀撫院道臺獻歌妓……181
◆ 第十八回　出京門美人悲薄倖　入樞垣疆吏卸兵權……193

◆第十九回　息風謠購槍驚各使　被讒言具表卸兼差……203
◆第二十回　慶生辰蘭弟拜蘭兄　籌借款國民責國賊……213
◆第二十一回　拒借款汪大燮出差　遭大喪袁尚書入衛……225
◆第二十二回　請訓政鐵良惑宮禁　遭讒言袁氏遁山林……235

目錄

第一回　入京華勳裔晉道臺　遊天津爵臣徵幕府

哈哈！古人說得好，道是：「狡兔死，走狗烹；飛鳥盡，良弓藏。」這幾句話，可不是春秋時伍子胥說的麼？他說這幾句話，都是有點子原故的。因為他由楚逃難，走到吳國。當時吳公子姬光，要用他的本事謀取君位，就了不得的敬重他。果然伍子胥替姬光取了吳王之位，又輔佐他破楚伐越，成了大功。

附近各小國，又來歸命，吳國遂強盛不過，霸於諸侯。不想後來吳王貪圖美人重賂，許越王勾踐成盟。伍子胥知道勾踐之志不小，將來必為吳國之禍，故此向吳工苦諫成仇。吳王競惑於太宰伯嚭之言，把伍於胥來殺害了。他臨死時，就說這幾句話：

見得要捕狡兔，必用走狗；要射飛鳥，必用良弓。若沒了狡兔飛鳥時，這走狗及良弓，就用不著的。猶之國家有事，就要用能臣，及國家偶然沒事，那些梟雄之主，就懷了個妒忌之心，差不多要把那能臣驅的驅，殺的殺了。

你看劉邦、朱元璋，豈不是個雄才大略之君麼？你道他後來待那些開國功臣究竟怎地呢？在劉、朱兩主，是本國之人，尚且如此，何況伍於胥所仕的，是異族之君麼？說書的人，不過引這一件故事，做個引子，不是與看官講東周列國的故事。今不再說古事，且說今事給諸君聽聽。

因今日仍有一個人，頗像伍子胥的。那人的出身立業雖不及伍子胥的英雄，但講到「兔死狗烹，鳥盡弓藏」八個字，亦有些相類。你道那人是誰？卻是人人知得的，就是我們中國裡頭，河南省內項城縣一個故家子，姓袁名世凱，別號慰亭。他父親喚做袁甲三，本是清國一箇中興功臣。因咸豐初年，西北一帶有張洛行、苗沛霖起義，聚眾數十萬，攻城拔地，甚為聲勢，當時的人，號他做捻黨。袁甲三卻輔佐清朝，去攻剿他，做到欽差大臣的地位，駐紮宿州地方，左攻右戰，立下多少功勞。故此清廷要把名器榮耀於他。及到他歿時，連他的子孫也有恩典蔭贈。那袁甲三本有子數人，世凱就是他的第四個兒子。

至於世敦、世濂、世輔、世彤，統通是袁世凱的兄弟輩了。

且說袁世凱自咸豐九年出世後不久，袁甲三也亡過。清廷下了一道諭旨，蔭恤他的子孫。故袁世凱亦於及歲時，到京引見。清廷念他是個功臣之裔，又因袁世凱早已捐了道員，就交軍機處存記，好像遇缺即放一般。

那袁世凱為人是機警不過的，自念：「先人在清國做了大官，有許多功勞，料然有許多同僚，都是自己世交的，正要尋一條門徑，拜謁一兩個有位有勢的大員，憑他扶助，才易出身，這時才不負自己志氣。」猛然想起：「正任直督北洋大臣爵相李鴻章，也是與自己先父同事的，那李鴻章是最有權勢的人。若見他，得他賞識，不怕一官一差謀不到手裡。」想罷，便直出天津。因直督一缺，一年中有半年駐於保定，就有半年駐在天津。恰那時直督正在天津駐紮。故袁世凱一程到了天津地方。

先尋了住處。忽聽得李鴻章正巡閱東明河工，尚未回衙。暗忖：

「直如此湊巧！唯這條門路，是斷不宜放過的，不如權住天津，等候也好。」

到了一日，覺天時甚好，就帶了跟人，出外遊玩，不覺到了紫竹林地方。那紫竹林是天津有名的名勝，到時但見得：香輿寶馬，綠女紅男，人擁如雲，車行似水。不少墜鞭公子，正花明柳媚之天；許多走馬王孫，趁日麗風和之地。樓臺一寸，錦檻千重。每當美景良辰，抵得賞心樂事。

當下袁世凱且行且看，自忖：「人傳紫竹林熱鬧，真是名不虛傳。」遊了一會，穿了幾條曲徑，前面現出亭子一座。袁世凱正欲進亭子裡小住，略歇些時，忽見亭子先有一個人坐著。

舉頭細看，見那人生得氣宇軒昂，精神活潑，有四十來歲的年紀，頷下兩撇鬍子，正用手左右捻捏。旁邊立著兩個跟人，一個正拿著京潮菸袋，在旁遞煙。袁世凱省起，方才來時，見門外一頂大轎子，料然是此人的。看他形容，一定是本處官場，不然就是一個大紳了。便步進亭子裡，向那人一揖，通問姓名。

原來那人不是別人，就是前翰林學士張佩綸，當中法開戰之時，曾拜欽差大臣，辦理福建軍務的。自從敗了仗回來，革職之後，在天津電報局當總辦之職。當下張佩綸又向袁世凱問過姓名，世凱答過了。猛想起：「此人是北洋李爵相的子婿，是李相最得用之人。自己要謀見李相，就先與他拉攏，亦是妙事。」因此道出家世履歷。

張佩綸見他是世家，也不覺起了敬意。在亭子裡談了一會，那張佩綸固是滿口才猶，袁世凱亦是個口角春風的，因此十分投機。佩綸即預約請世凱明天到他處敘談。姓袁的自無不應允。

不多時，張佩綸說道：「兄弟不過經過這裡，順便進來一遊。現在有點事要回去了。」便起身告別而去。那袁世凱亦是無心遊玩的，今見無意中先識了張某，心中已喜不自勝，即帶同跟人回寓去了。

到了次日，即依約前往拜會張佩綸。佩綸也接進裡面坐下。

正在寒暄之間，忽門上傳一個名刺。袁世凱知是有客到來拜會，理要迴避。唯張佩綸見世凱到了未久，驟然送客覺不好意思，即說道：「不必拘禮了，來的是個不速之客，只到來談天，並沒有什麼公事。」袁世凱聽著，就乘機稱謝。只見佩綸傳出一個「請」字，跟人應聲去了。隨見來客進來，大家讓座後，張佩綸道：「座中統通是知己，可不必客氣。」

袁世凱與來客一齊說了兩聲「是，是」，來客即與世凱透過姓名。原來來客就是天津海關龔道，也是李爵相之甥子，沒事時，就天天到姓張那裡談天說地。袁世凱見他又是李相姻親之人，一發要與他結交。佩綸即介面向龔道說道：「那位袁老哥，就是前欽差大臣漕督袁公甲三的四公子，正從北京引見回來的。現在正把父執禮候見李中堂呢。」龔道聽了，道一聲「久抑」，又重新敘禮。

張佩綸道：「今天兩位來到很巧，昨江南劉峴帥薦了一個廚師到來，說是精於調味的。兄弟今天正著他弄點菜試試。兩位若不嫌棄，待晚飯後回去不遲。」袁世凱正說了一聲：「不敢打攪。」龔道笑道：「奇怪奇怪，劉峴帥難道是不知味的，有了一個好廚師，卻不自用，要薦來老哥處不成？」張佩綸亦笑道：「兄弟還沒有說完呢。因兄弟在南京曾九帥幕府時，劉帥正歸隱林下，常有書信譏九帥與兄弟依戀官階。九帥常復他，說南京是他舊治之地，長江一帶，海產豐美，可供朵頤，不似湘間絕無異味，所以我們不欲離去江南。又說那一物如何香美，這一物如何甘脆，問他還記憶否。因劉帥平日最好談食品，所以九帥調侃他。到九帥臨終時，也遺折薦劉帥出身。先日還有信致劉帥道：『足下食指動否？南京勝地，將使足下復臨斯土，以免向隅。』這等說。你道九帥臨終時，還作這般調笑的話，你道奇不奇呢？」龔道笑道：「你真是糊塗的麼？兄弟只問劉帥，怎地有好廚師不自用，要薦到老哥這裡。不想你說了半天，還是離題萬里的。看來曾九帥不奇，你還是真奇呢。」張佩綸又大笑道：「兄弟仍不曾說完呢。後來劉帥得再任兩江。唯他常性還不改，常常與兄弟書信往來，仍談論食品不休。他前月函稱，得了一個天字第一號的廚師，函內稱：千辛萬苦，才得這廚師一用。洋洋數百言，只論這廚師的好處，弄某菜用什麼好法，弄某菜用什麼異味。兄弟得接那函後，向他借那廚師用三個月，又發了幾次電報催他，才得這廚師到來。今天只是初到的第一天，所以留兩位試試。」

龔道又笑道：「你總辦電局便宜了，為借用一個廚師，要發幾次電。你方才說的，兄弟幾乎聽不耐煩了。兄弟還問一句，老哥，看你說話時這般遲慢，因何你在福州時，聽了炮聲卻又走得這般快當，究是什麼原故呢？」這時龔道說完，袁世凱在旁聽了龔道的話，覺這幾句話是十分冒撞那姓張的，實不好意思，只道張姓的斷斷不喜歡。不想張佩綸反大笑起來，說道：

「兄弟在福州時，不過要做做欽差，前去玩意兒罷了。不提防法蘭西的兵官，真個要放起炮來。若不跑嗎，這命就不要了。」

龔道與袁世凱一同笑起來。

三人正談話間，只見一個跟人又進來，向張佩綸說道：「曾太太喚呢。」張佩綸聽著，就飛奔去了，只回頭向龔、袁二人說道：「兩位等等，兄弟不久出來相陪。」袁世凱見了，覺有客在座，如何有這等規矩？正自忖度，龔道笑道：「袁老哥也不必思疑，只管坐罷。這位曾太太喚他，沒論天大的事情，他也要放下，不拘什麼王公卿相到會，到這時他亦不能相陪的了。」袁世凱笑道：「有這等奇事？」

龔道說道：「你還不知，他自從先娶的李太太歿後，在南京督幕時，曾九帥鎮日誇獎自己女公子的文翰為世所稀，並說道，除了張佩綸，那文墨中就沒有一個是他女兒敵手的。那日醉後，竟對張佩綸說道：『我若把小女嫁了老夫子，真是一個對兒，可惜年紀不對，可就沒得說了。』張兄就乘勢答道：『古人有忘年的朋友，晚生不妨做個忘年夫妻。大人你道是不是呢？』曾九帥那時醉了，只一頭笑，一頭點首。張兄就當九帥點首是應允了，即當席稱起翁婿來。次日反悔不及，曾家女兒更是啼哭不已。後來幾多勸慰，然後得曾家女兒允了。你道那十來歲的小姐兒，父親是當朝伯爵總督南洋，自己又是一個有才貌的女子，忽然嫁了一個四十來歲的人，做個繼室，那有不氣呢！所以過門之後，張兄總要百依百順於他，沒一點是敢違抗的。他每於友朋宴會之時，呼喚張兄，行他的閫令，要試張兄違抗不違抗。故方才喚張兄，張兄如何不去呢！」

袁世凱道：「這樣好不誤事。若有最緊要的事情，只爭時刻工夫的，一旦要喚丈夫回去誤了時，卻不是玩的。」龔道笑說道：「他還管得許多嗎？張兄若是留心公事時，說少些謊話，多一點實心，他不知開復幾時了。因他的勢力，比不同別人的，想老哥也知道了。」袁世凱聽罷，點頭稱是，暗忖：「官場裡頭，卻如此混鬧的。可見做官的人，人情勢力是不可少的。」

正想像間，張佩綸已轉出來，笑說道：「方才有點事欠陪，很對不住。兩位休怪。」袁世凱謙讓回答了。龔道笑道：「曾太太呼喚與皇上召見，孰輕孰重呢？」說了，大家笑一會。

跟人已報傳飯，端了酒菜上來。張佩綸坐了主位，一齊舉杯相勸。袁世凱是新交的，自然加倍敬重，且因自己要求見李爵相，適湊遇了張、龔二人，皆是李爵相的至親，正靠著他們幫說一句好話，如何敢脫略？不料他越莊重，張、龔兩人越放浪形骸。袁世凱只望從中拉攏三兩句，總沒機會。但見張佩綸每於遞上一個菜時，就評贊一會，調味如何得宜，烹好如何得法；又訴說制某菜以那一位大員的廚師為佳，制某菜又以那一位大員的廚師為妙，滔滔不絕。直至席終時，袁世凱終不能插說一句密切的話。飯後，略談一會，袁、龔兩人各自辭去了。

單說袁世凱回寓後，自忖：「欲見李爵相，正不知李爵相肯接見否。天幸結交了張佩綸，與他有翁婿之誼，滿望他替自己在李相跟前吹噓。唯相會幾次，總說不得入港。但終不能不結識他。仍幸多識了一個龔道，可望得他提挈。」因此之後，天天也與張、龔二人往來。

恰那一日聽得李爵相已回衙了。料他初回，公事必多。待過了三兩天，即帶了名刺，並寫上履歷，直到督衙，傳帖求見李爵相。不想由跟人遞出一個電影，交與門上。等一會，才見門上拿片於進裡面。少時轉出來，即傳一個「擋」字。袁世凱怏怏回去，自忖：「那門上傳上自己的電影，沒有多時，就傳一個『擋』字，可見是門上混鬧的。」邵喚轎班，改道往拜龔道。得龔道接進裡面，即先訴說道：「今天往見爵相，不得一面。想明天再往走走才使得。」

龔道道：「奇怪，李爵相生平，凡是勳臣子孫要往見他，他沒有不見的，因此事正是他的厚處，亦是他的短處。他自念以平發平捻，為一生最大功業，故於平發平捻的勳臣，他就起一團敬意。他非是敬重來見之人，不過敬重中興勳臣，就有個愛屋及烏之意。今老哥獨不得一面，只怕門上要作怪。老哥究有些隨封好意送給門上沒有呢？」袁世凱道：「這等規例，兄弟如何得知？但爵相聲勢赫赫，苟是願見之人，門上如何敢阻擋呢？」龔道笑道：「算兄弟冒撞老哥，原來門丁的積習，老哥還不知，於官場上也算是外行了。大凡越大的官，他的門上越大氣焰。若在軍機裡頭，任是什麼大吏功臣入京，若沒有孝敬時，如何能得一見？你明天總要打點才好。」袁世凱道：「兄弟人京引見，全得李師傅鴻藻周旋，故這等規例，也不大明白。朋天往見爵相時，遵教就是。」說罷辭出。回寓後，細揣門闔之積弊如此可惡，若他日得志時，誓要除去門閽，以免此一項弊端，亦有益不淺，但目下卻不能爭氣。

果然次日袁世凱再往求見李爵相，先使跟人向門上打些手眼。不一刻，門上即代他傳帖，隨見傳出一個「請」字。袁世凱即進裡面，心上又盤算道：「立刻傳見，這才有吐哺握髮之風，真不愧為一個宰相了。」說時間已到廳子裡，早見李爵相坐著。袁世凱舉目看看，但見他生得雙眼閃閃有光，精神奕奕。

那時已有六十來歲，那一種氣象威嚴，卻令人可敬。即上前行個父執禮。

李爵相略略起迎，即讓姓袁的坐下。李爵相亦看那姓袁的，生得眉目有威，氣宇不凡，年紀不過三十左右，活是一個少年有用之才，即問道：「世侄是幾時到的，到來又有何事？」

袁世凱一聽，暗忖：「自己引見時，難道他沒有看邸抄，自還不知？且到來見他，自然是要求一官半職，又何待問？他偏說這些話，想他是不大喜歡了。」即答道：「晚生方人京引見。今於引見後，特來拜見中堂請安。」

李爵相道：「因何你來時不來見我呢？」袁世凱即高聲道：

「自然是要見了皇上，才敢見中堂。」李爵相見他有些膽識，亦說得有理，故聽了袁世凱的話，又道：「你到來天津有幾天了？」此時，因昨天受他的門上阻擋，正合乘機說出，便說道：

「到了幾天，因中堂往視河工未回。昨天已到來拜候，不獲中堂賜見，故今天再到。」說了，只道李爵相必有說話，要責門上不是，不想李相反發些怒容，厲聲道：「你有多大年紀，還不讀書，究有什麼本領，出來想做官？你好大個膽子！」說罷，即舉茶送客。袁世凱正欲答言，不料他已舉茶相送。實不得不去，即拱拱手，亦厲聲道：「此後若非中堂見召，晚生再不敢來見了。」說罷揚長而出，立即回寓，心中一團怒氣。只道往見李中堂，盡望他提拔提拔，不想反被他罵了幾句，看來是沒有指望。

正憤著，忽報龔道來見，立令請人。方分賓主坐下，龔道即問道：「今天可曾見得李爵相不曾呢？」袁世凱道：「見是見了，只是賺得一罵。據老哥說來，是李相最喜歡動臣之裔的，今就兄弟看來，似老哥之說還大大不然。」龔道聽了，即說道：

「恭喜了！原來足下還不知李相為人，凡是他所愛的，見面時一定責罵；若是他不喜歡的，他於相見時，只滿面笑容。他這個用意，謂他所不喜歡的，一定是小人，故拿定不敢開罪小人的意思，只以和平相待。今老哥得他責罵，可就恭喜了。」袁世凱道：「可就奇了，想他所用的人，定是他所喜歡的人。難道他見到，定要無故罵人麼？」龔道答道：「老哥若不信時，請候兩天，且看何如。」說罷便興辭而去。袁世凱細想龔道之言，不知是真假，姑且等候一二天，再商行止。

到了次日，已見張佩綸到來拜會。款接間，張佩綸拿出一個帖，並道：「這是李相送來的關書，著兄弟送到老哥處，現在沒什麼差使，特先請老哥到他幕裡辦事。這等說，想老哥榮遷之期不遠，可為預賀。」袁世凱接來一看，確是不錯。正是：

堂前作客方遭罵，幕裡求賢又拜恩。

要知後事如何，且聽下回分解。

第一回　入京華勳裔晉道臺　遊天津爵臣徵幕府

第二回　監朝鮮使節趲遙程　入京華群僚開大會

話說袁世凱接轉關書一看，覺是不錯，方知龔道之言是真，便對張佩綸說道：「今得貴嶽提拔，真出意外。」便把相見時被李爵相責罵的話，細述一遍。張佩綸道：「你不聞直隸官場的通語？凡有一人上督衙稟見的，出來後，同僚必問他，有捱罵沒有。凡官場中多以得李相一罵為幸。因李相以抵得責罵之人，乃是抵得任用之人，故多有欲博一罵而不能得的。今老哥一見就罵，已是萬幸了。」說著大家笑起來。少頃，張佩綸辭去。

這時，直隸官場聽得爵相幕裡，最近聘了　位姓袁的，無不到來拜會，或稱年世誼，或稱來道喜，幾乎應接不暇。袁世凱倒笑起來，因他們求官缺覓差使，只道姓袁的進了督幕裡頭，盡要靠他有點聲氣。因自忖：「從前那一個識得自己。今不過是一個督衙的幕員，就引動許多人到來巴結。可見官場的積習，真是卑鄙不過的。」果然過了幾天，即進直督李相衙內充當幕府，李相就派他辦理洋務　缺。

第二回　監朝鮮使節遭遙程　入京華群僚開大會

那日正與李相談論案情，忽電報局送到一封電文，卻是由日本發來的。就令翻譯員譯出一看，卻是朝鮮自己與日本立了一道和約。第一條就稱「日人承認朝鮮為完全獨立國，與日本平等，同為自主」這等說。故駐日何大臣得了這點訊息，立刻電報北京，並打電一份送與李爵相，請他奏請派員監察朝鮮行政的。李爵相看了，眉頭一皺，一言未覆，即將這道電文交與袁世凱一看。袁世凱道：「據中堂看來，是怎麼樣處置才好？」

李爵相道：「現在中國裡，自己的事還辦不了，還有什麼時候料理朝鮮的事？倒不如由他罷。」袁世凱道：「中堂之言雖則是好，但朝鮮是中國幾百年的藩屬。今外交各事，猶聽他自主，可不是我失了一屬國麼？大凡半主的國，本沒有完全外交權，是中堂知得的了。」李相道：「那有不知，只怕自己爭不來反失了體面。且數年前老夫曾與日相伊藤立了一道條約，訂明朝鮮如有事，須清日兩國共同保護。今若干涉他，只怕日人反唇相稽，卻又怎好？」袁世凱道：「就是共同保護，也不過是半主國，亦不應由他自與日人立約。回想十年來，日人滅我琉球，前年又與臺灣生蕃起釁，幾乎動起干戈，其志不小。怕他將來對待朝鮮，還不止於立約呢。現在何大臣請派員監視朝鮮，亦是一策。不知中堂以為然否？」

李相道：「知己知彼，百戰百勝。日人之意，屢次欲挑戰於我。但我海軍雖已成軍，還未訓練純熟，實不是他的敵手。

故目下不要中他的計。你年紀還輕，血氣自然強盛，但老夫看來，目下總不宜動他才好。」袁世凱聽了，即不敢再言。退後細想，覺李相膽子太小。自古道，履霜堅冰。盡怕日人將來吞了朝鮮，就不是玩的，故此鬱鬱不樂。只是北京裡頭，自得了何大臣的電報，總理衙門就天天會議。對待此事，只是議來議去，總沒一點實策。

那些朝臣又紛紛上奏。你可知中國人紙上談兵的利害？差不多筆陣橫掃萬人！有說要勸令朝鮮取消日韓條約的；有說聖朝懷柔遠人，不宜任日人欺弄朝鮮的；其極則說，如此條約不能取消，要立刻與日本打仗的。都道日人始滅琉球，繼奪臺灣，今又煽弄高麗，總要大起王師，伸張撻伐。那一個說自己有什麼將官，這一個說自己有什麼艦隊，更訴起平發平捻的本領，也稱日本蕞爾微區，不足畏懼。左言右語，鬧成一片，統通是不知外情，只說出天花龍鳳。

唯當時朝廷究沒什麼主意，只降一張密諭，詢問爵相李鴻章如何辦法；一面又令總理衙門妥議具奏，又令北洋派員入京會議。此事倒鬧出天大的事情來，這時不特有旨詢問北洋，即軍機及總署，亦函商李相，更有些京官致函李鴻章，責他坐令日人自大，都道非出於一戰，不能保全藩屬。並有些人說道，陸軍雖左宗棠新故，水軍雖彭玉麟初亡，然自問以大御小，何優日人等語。李鴻章看了，不覺笑道：「近來戰具不比往時，難道左侯尚生，彭某不死，就能與外人對敵麼？」看官，試想李相是個有些閱歷的人，自恨中國不能早謀進步，現在是不能與外人講戰的。唯諭旨既令派員人京，到總署會議，便派令袁世凱人京，並把自己的意思及所主張的，統通囑咐了。袁世凱得了李相的意旨，亦知戰字是不易說的；若不能戰，即不宜干涉日韓立約的事，故心中只拿定派員駐韓的意思。

那日到京先見了各當道。到會議之日，那袁世凱自然依期先至。到時，見總署內還沒有一人，等了半天，才見各大臣陸續到來，已是午後時分。袁世凱暗忖道：「這是重大的事件，為何各大臣總沒有一點留心，直至這個時候，方來會議。你道辦得什麼事？」但心中雖如此想，究不敢明說，只催：「時候不早了，快些開議罷。」誰料開議之時，你言要干涉他兩國的條約，我言恐干涉了又生出事來，都是游移兩可，又沒一些決斷。袁世凱雖口如懸河，力陳派員駐韓的要著，滔滔不絕。唯說了不多時，已是日暮，不免待明天再議。到了次日，仍復如是。

議了幾天，才定議：不根究日韓立約，只遵依袁世凱派員駐韓監視朝鮮行政之議。又恐為日人詰責，候與李相妥議所派之員作什麼名稱，然後發遣。自此，軍機及總署各大臣，倒嘆服袁世凱有才，且能言辦事。這樣看來不是什麼大事，竟議了幾天，才得派員駐韓之策，算得什麼有才！只從那些一班老朽看來，就如鶴立雞群一樣了。偏是姓袁的官星將顯，就為京中大員所贊。恰當時浙江溫處道一缺，要發員承任。那袁世凱自從引見之後，又是個軍機存記的道員，正當遇缺即補，故軍機圈了幾個名字，可補溫處道的，就把袁世凱的名字圈在第一。

不一天，即有諭旨下來：「浙江溫處道遺缺，著袁世凱補授。」

當下袁世凱即具表謝恩，然後出京，把會議時的情形及定議的政策，復過李相。李相亦知他得授浙江遺缺道，自然向他道賀，不在話下。

且說當日總署既定議派員駐韓，乃與李相往覆函商，乃定名為駐韓商務委員。即由北洋挑選派熟悉洋務之人充當此任。李相自知凡於朝鮮事件，所與日人交涉的，都是自己經手，自然要派自己心腹的人員方好。忽省起袁世凱是於此事最有興致的，除他不派，還派何人？便與袁世凱商酌，要派他前往。袁氏本不敢推辭，但商務委員這個名目，名位太小，倒不如赴溫處道本任，好望三年五載，升到督撫，較易建白，因此沉吟未答。

李相亦知其意，便道：「你的意思，老夫是知道了。這個商務的委員，名位雖不高大，但辦事的許可權卻不小了。且你是一個道員的底子，駐洋三年五載回來，不怕升官不易。況洋務人員，正是升官捷徑。賢侄千萬不可失此機會。」

袁世凱聽罷，覺得有理，就當李相面前允當此任。李相好不歡喜，即具奏保舉袁世凱可充駐韓商務委員之任，並令袁世凱人京請訓。袁世凱便一面報知本籍家中，使家眷先到天津，聽候一同起程，然後辭過李相，取道入京。先得了李相介紹之函，先到軍機裡頭報稱來京請訓。時樞府及總署各大臣，因知袁世凱是李爵相賞識的，也不免多起了三分敬意。恰次日就是樞相翁同龢的壽辰，那日翁同龢先對袁世凱道：「足下到來請訓，偏明天是老夫告假。再遲一天，替你呈遞便是。明天敢屈駕到舍下一談。老夫謹備薄酌，休要嫌棄。」袁世凱又不好推卻，只得說一聲「明天到府上領教」，就退出軍機衙門。

又訪了幾個朋友，也知道明日是翁相的壽辰。猛省起：「此次來京，未曾備辦得一份壽禮。他又請自己明天過府，如何好意思？且此後出洋，比不同前在天津，單靠李相的，此後於總署軍機，盡要有點聲氣才好。」想罷，覺這段人情，是省不得的。又想起：「翁相為人，最講文學。因他是得先人襲蔭，得賞賜舉人，幸捷了南宮。憑他寫得一筆好字，就點了頭名狀元。故世人見他是欽賜舉人，就喚他做不通的狀元宰相。故此他竭力講求文學，自命為一代宗風。外面還是清廉不過的。故這會籌辦壽禮，除了投其所好，更沒第二個辦法了。」便帶了幾個親隨，親自跑到琉璃廠，要挑選幾種書籍，好送翁相。軀了一部《公羊何氏注》，是二百年前金華徐學士重刊的，有大學士張玉書題籤，自再版以來，這一年間，京中大員提倡公羊學說以來，幾已售盡。偏那一部是有一位太史公因在館閣沒錢應酬，故託琉璃廠轉售的。袁世凱見了，就摩攣不忍釋手。因素知翁相是好說《公羊》的，就不惜重價，花了二百來兩銀子購轉來。又購了幾種，如《金遼建國史》，《蒙古武功記》，並幾種唐宋大家的名畫，不過花了五七百銀子。回來即具了一個晚生柬帖，使人送到翁氏相府。翁相反當他是個清流好學之人，自然賞識。

到了次日，袁世凱料得早起時，必然許多官員到翁相府裡祝壽，實不便談話。等到午後，然後乘車到了翁相那裡。翁同龢即接進廳上。袁世凱道：「晚生早起時，便想踵門祝壽，只不過因相府今天有事，往來擁擠，故等到這個時候方來。休怪休怪。」翁同龢道：「老夫正欲得個空時與足下長談。昨天又蒙贈許多珍品，怎教老夫生受。」袁世凱道：「晚生素知中堂為一代文宗，又是廉隅自守的，故不敢多瀆，望蓑慢之罪。」

翁同龢道：「公羊學說，是今日不可不懂的。現在這部何氏注，近來差不多賣絕了，足下從那裡得來？想是令尊先生大人好學留下的？足見足下家學淵源，是個有學問的人了。足下未出山時，看什麼書說，還有什麼著述沒有呢？」袁世凱聽了，覺這個時候，已在仕途，還講什麼著述，但他如此說，自己不好衝撞，只得答道：「晚生從前也酷好公羊學說，近來見世風不大同，只是看西書譯本，如政治、軍法、外交三種書，也不敢荒嬉。至於著述嗎，晚生學淺，實在見笑，只聞李若農侍郎好研究蒙古史，因此晚生也想學著一部《滿洲史》，可惜還未脫稿，就蒙北洋李中堂見召，故不曾著作完全呢。」

翁相聽了，驚得伸出舌頭，幾乎縮不進去，半晌才道：「你要撰《滿洲史》嗎？還是你年少人有些膽子。但到二百年前的事實，怎樣措詞？只怕是不易的。」袁世凱道：「自然要措詞得體。晚生因為魏源所著《聖武記》裡頭紀事統是掛一漏萬，他前文只稱滿洲後來建國，只在遼金之末統，不得一個詳細，所以晚生要學塗鴉，好歹著就問世，使學者知當朝實錄，總不要數典忘祖，就是這個意思。」翁相道：「你他日再要著就時，措詞盡要仔細些才好。不要興起文字獄來，是最要的。」

袁世凱方說一聲「多蒙指教」，已見門上傳上幾個名帖，是尚書孫毓汶、閣學李文田、新署侍郎張蔭桓，一齊到來拜候。

翁同龢一面令袁世凱不必迴避，一面傳出「請」字，接見來賓。不一時，大家到了廳上，各透過姓名。翁同龢先說道：「這位袁姓的，是前欽差漕督袁公甲三的四公子，是李中堂賞識的人，派往朝鮮辦事的，方來京請訓。老夫只道他是個洋務中人，不料又是個白衣太史，與張侍郎一般的。自今後我們雖是及第中人，也不要輕量天下士了。」孫、李、張三人，齊說一聲「久仰」。袁世凱自然謙讓一回。翁相又道：「若農〈（文田字）〉，你也注重蒙古史，袁世兄卻又注重滿洲史，活是勁對兒了。」

說罷，李文田正欲有言，只見門上又紛紛傳帖，如侍郎許雲庵，尚書徐蔭軒，副相張子青，侍郎長萃、麟書之類，到來拜候，不一而足。一班大僚，貂蟬滿座，只有袁世凱是官位最卑的，心中不免慚愧。還虧翁相力為周旋推重，自不至失志。

當下主客十餘人，各分次讓座。袁世凱方自振起精神，要與各人談論。不想你一言我一語，好半天都是議論文學，這一個優，那一個劣，及那一科得人，那一榜有什麼名士，總不談及國政兩字，袁世凱好不耐煩。只見翁相道：「不必說許遠的事，只座上得各位光臨，國內英才，已聚於此。今日老夫賤降，竟成個儒臣大會了。」各人聽得，更手舞足蹈。方滔滔不絕，忽見門上帶了一個人，方走得汗涔涔氣喘喘的。帶同上來，把一封密函，打個千兒，遞給張侍郎蔭桓。張侍郎接了一看，登時面色變了，各人也驚疑，不知何故。正是：

方談文學誇儒士，又見書函嚇侍郎。

要知張侍郎因什麼吃驚起來，且聽下回分解。

第三回　宴華園別友出京門　電天津請兵平亂黨

話說各人正在翁相府談天，忽見門上帶上一個人，把一封書遞給張侍郎手裡。張侍郎看了，登時面色一變，各人都為詫異。翁同龢先向張侍郎問道：「那封書是那處來的，怎地看了卻如此失意？」張蔭桓搖首道：「是總理衙門的章京來的，這一會好不誤事。」袁世凱即問道：「可不是外人又要與中國有什麼要失和的事麼？」袁世凱說了，張侍郎猶未答言，徐蔭軒即道：「袁兄，你的話就說差了，難道外人要失和，就要吃驚麼？人人倒道外人鐵甲船的利害，老夫就不相信了。你試拿一塊鐵兒，放在水上，看他沉不沉？那有把鐵能造船，可能浮在海上的呢！李中堂要興海軍，被人所弄，白掉了錢是真。前兒郭筠仙出使英國，就震驚外人船堅炮利，費了幾年工大，著一部《使英日記》，總被外人哄謊了，你這會出洋休要著這個道兒。」

袁世凱聽了，又好笑，又好氣，又不敢答話，只勉強說了一聲「是」。徐見張侍郎答道：「也不是外人要失和，只老鈞就不是了，他出使俄國的時候，因為中俄地界向不太明白，恰有一個俄人拿了一幅清俄地界圖來，求他承買，他費了千把銀子才買了。不想那張地圖，是俄國人弄鬼的，故意把八百里多地方，畫人他國界裡，來騙中國的。自從老洪得了這幅地圖，寄回總理衙門，就當它做底本，與俄人畫界，不想就斷送了幾百里地去了。這封書就是這樣說的，所以兄弟見了，就覺煩悶得很。」孫毓汶道：「外人是詭計極多的，老洪可就不仔細了。」徐蔭軒道：「老洪誤事，若總署大臣，就該留點子神才是。」翁同龢道：「這又是難說的，因為清俄地界，向沒有界址的，就是你徐老前輩走到總署裡頭，怕見了那幅地圖，也要當是寶貝，要依它行事呢。」徐蔭軒又道：「畢竟與他畫界做什麼？普天之下，莫非王土。盡要把個厲害給外人看看，外人才不敢來爭地呢。」袁世凱這時忍不住氣，卻說道：「老大人說的是，但現在世界情勢，要把厲害給外人看，總是不易的。若畫界的事，又不能不辦的。只是錯了，埋怨自己不仔細罷了。」

那時徐蔭軒以老前輩自恃，一旦被一個道員袁世凱搶白了幾句，很不甘服。正待要發作，翁同龢恐不好意思，不待徐蔭軒答時，即插口說道：「老洪這一誤不是玩的，盡參了他才得了事呢。」李若農道：「這樣看來，彼此都有失察。若單是歸罪老洪一人，只怕總理衙門實措詞不易。」正說著，忽報國子監祭酒成端甫來了，大家又起來迎接，少不免又寒暄幾句，就把徐、袁辯駁的話暫時擱起。

少時，家人已報開席，翁同龢即請各人入席。翁端了主位，餘外分次坐下。方飲了一會，除蔭軒仍忍不住，謂世凱道：「袁兄，你說把厲害給外人看，是不易的。想又信外人船堅炮利的話了？」袁世凱道：「在下不是小孩子，也不是任人欺哄的。

只老大人若不信外人有鐵甲船，可省得福州戰時，怎地揚武那隻木質船總不當得法國戰艦呢？」徐蔭軒道：「你還提福州的事麼？老張〈(佩綸)〉是不濟事罷了。」袁世凱道：「若果外人沒有鐵甲的船，現在北洋定遠、鎮遠是什麼船兒呢？」蔭軒又憤然道：「李中堂在老了幾十年，白被人騙了，你還好說。」

袁世凱道：「既是如此，請老大人參李中堂一本，派員查查他，所裝造的艦隊，可有鐵甲沒有也好。」蔭軒道：「袁兄，你來遲了，前時梁鼎芬曾參過他了，你還不知麼？」袁世凱正欲再說，翁同龢恐他兩人生出意見，急向袁世凱把盞，隨又向各人勸酒，才把他兩人的說話擱住了。孫毓汶道：「這時只管喝酒，爭論做什麼。」翁同龢道：「兩人皆有理，徐老哥不怕外人，是有膽的；袁兄為見中國不大振作，也防外人欺弄，是小心的。」那時徐蔭軒見翁相如此說，方才無語。袁世凱亦知翁相之意，不復再言。

成端甫道：「保全國粹，不可無徐老哥；講求外交，不可無袁世兄。這會前往朝鮮，幾時出京呢？」袁世凱道：「須待召見後，得了皇上訓諭，立即起程的了。」成端甫道：「明兒弟在舍下謹備薄酌，敢請在席諸位賞賞臉，一同到舍下談天。」

袁世凱方說一聲「不敢打攪」，李若農就答道：「你不聞人說，京中兩句話麼，『愛客成端甫，求才翁叔平』，那個不知。我們明天同去，領教領教。」翁同龢道：「若農又要作劇了。」

說罷大家笑一會，又復再飲，已至三巡，方才告罷。

翁同龢見各人都有些酒意，只說一聲「有慢」，方才撤席。

即同到客廳談坐，不想徐蔭軒已告辭去了。袁世凱覺不好意思。

在翁相，頗拜服袁世凱有些膽識，即說道：「袁世兄卻有點膽子。但老徐那人，彼此同僚，只由他罷了。我們與他論事，差不多要天天爭論的。他的性兒，朝廷也知道，只因他是個老臣，由得他。但軍機總署兩衙門，從不派他一個大臣差使，就是這個原故。」說罷，即次第辭去。

袁世凱回寓後，回想徐蔭軒這般頑固，將來好不誤事，自此心上早記著徐蔭軒一人。到了次日，是成端甫請酒，要將昨晚同席的人，統通請去，料徐蔭軒必然在座，本待不往，但已自應允了，若然不去，反見得自己小器，只得一走。遂乘車望端甫花園而來。到時，已有幾部馬車停在門外，知是有幾人先到了，立即下車，早有門丁長隨侍候領帖。

進門後，袁世凱仍緩緩而行。但見當中一條大甬道，用花紋石砌成，十分幽致，兩旁古木參天，雜以矮籬，襯些盆景時花；左右兩度粉牆，正塗得雪白似的。行上幾步，見有一道小溝，橫著一度大石橋，橋下水清如鏡，料知此水直流通至內地。

過橋後，兩邊皆種楊柳，時雖近殘秋，卻有一種清秀之色。柳旁支搭幾棚茶架。架外盡栽桂樹，卻有一種香氣撲來。石橋兩邊，俱擺著盆上菊花。一連石階石砌，直接月洞門，再分東西兩行石砌，都擺著盆上菊花，開得十分爛漫。再看月洞門上，橫著一個匾額，寫著「涉趣」兩個大字，下款題著「成親王書」，就知這個花園，是成端甫祖父時開築的。回望月洞門以前，一天綠景，襯住夕陽返照，皆作淡綠淡黃之色，實在幽雅。忽聞橋下水聲響動，俯首一望，只見幾頭鴛鴦，泛浴出來，可見得裡面，定有水池。有人在池上蕩槳。急進門內一看，卻又是一壁粉牆，攔住水池，牆邊間以疏竹。忽聞歌聲道：

嫩涼天，斜陽地，草色連波，波上晴煙起。秋雁已迴音未至，惱煞鴛鴦，猶對離人戲。□黯銷魂，感身世，夜夜不逢，好夢留人睡。樓上晚妝慵獨倚。

無那歌聲，化作相思淚。

袁世凱停步聽了一回，覺這一曲是《蘇幕遮》，很有意思，遂沿粉牆而行。只見池上兩隻瓜皮艇，艇上幾人，如李學士、成端甫之類，也與幾個名優，在池中蕩槳。一見了姓袁的，成端甫即笑道：「袁世兄來了，有慢有慢，失禮失禮。現在翁中堂等都在亭子上了。」

原來水池之中，建了一座八角涼亭，由池邊拱起一度畫橋，直通亭上；橋上兩旁，都支搭欄杆，真如長虹臨波一樣。袁世凱一面與成端甫招呼。當時成、李二人，即令將艇攏至岸邊，一齊登上來。端甫即與世凱握手，世凱又與李學士見禮，便攜手沿畫橋而進，直到亭子，轉登樓上，已見孫萊山、翁中堂一班人，俱已在座。

袁世凱即一一與各人周旋，寒暄過後，單不見有徐蔭軒，便問道：「因何徐尚書還不見到呢？」成端甫道：「昨天他曾應允來的，今天他差一個家人，拿了一封書到來，說是身子不大快，也不來了。」袁世凱聽罷，料他為著自己衝撞了幾句，故不願來的了。此人實在性情頑固，且度量淺狹，今他不來反覺自在。但自己不好再問，只與各人說些閒話，又談些園內景色。不料過了水池直進，尚有許多地方，紅花綠樹，假山石砌，縱橫錯雜，從高處一望，真有天然別緻。又見古松樹下一個鞦韆架，有幾個名優，正在戲打鞦韆，看了謂成端甫道：「有此名勝，怪不得老哥不求外放。若然出仕外省，只怕故園松菊，又作張翰思歸的想了。」李學士道：「袁兄還不知呢，端甫曾放過浙江學政。他見浙江那一種江山船，總不及京華知心人的好。故此自後不願外放，就是這個原故。」說著各人一齊拍手笑起來，袁世凱正不知其故。

原來浙江有一種花舫，喚做江山船，專用些絕色佳人，認為親女，為招來過客之計。若喚船的人是有資的，那船上的美人，任人縱不拉攏他，他也拉攏人，以色字為餌。倘不知的中了他計，就出來責那人誘姦他的女兒，要索千金萬金不等。這明明是擺出一個美人局。成端甫當日，曾著這個道兒的。袁世凱見各人皆笑，正問什麼這般好笑，翁相即把這個原因說了出來。成端甫笑道：「京華裡面，兄弟也沒什麼知心人，總不像那情人已在目前，還稱什麼『離人戲』呢，『相思淚』呢，可就奇了。」世凱一聽了，知道方才唱的，就是李學士的知心人。

大家笑了一會，翁同龢即向袁世凱道：「昨天已遞繕牌，準明天召見。想賢侄知道了？」袁世凱說一聲：「有勞費心。」

成端甫即令諸名角再唱一會曲子，然後人席。酒至三巡，成端甫道：「席間無以為樂，不如大家聯句，各將自己所有珍藏的書畫玩器，題了出來，好不好呢？」各人都道一聲「好」。彼此讓了一回，即由翁相先起。翁相辭讓不過，即吟道：「《公羊》學緒暗復明，公羊一去何氏生。簽註若就無許鄭，」翁相吟罷，挨次便到張子青，即吟道：「揮毫落紙萬捲成。網羅典籍懷炎漢，」說罷，成端甫道：「緊接上文啟下，很好很好。」

孫萊山道：「張老的萬卷樓，料他要捧出來的，只是看了幾十年兩漢書，還未忘心，實在難得。今番便捱到張侍郎了，你的《三都賦帖》，也該獻出來了。」張侍郎便即吟道：「賦就《三都》震玉京。太沖天才應紙貴，」張子青道：「今番捱到孫尚書，你的銅雀臺上魏武的團龍玉硯及銅雀臺瓦，還不說？」

萊山聽了，即吟道：「硯雲龍舞洛陽城。銅臺玉毀猶瓦全，」

成端甫道：「今番到我了。有什麼可說呢？我那幅《馬湘蘭救駕圖》，盡要獻醜了。」即吟道：「聖朝應建女淩煙。功能救主勒千古，」吟罷，捱到張朝墅。李學士道：「你唐伯虎畫本，還忍得住麼？」張朝野笑著吟道：「芳名未泯丹青傳。況有寫生唐伯虎，」挨次便到李學士。翁同龢笑道：「他若不說《蒙古史》，還說那的？」說未了，李學士即應聲吟道：「何如不繪人物繪山川。我觀蒙古繼興震歐亞，」吟罷，最後便到袁世凱。那袁世凱即吟道：「滿人入關陷中原。至今燕雲暗無色，」

吟罷，各人大驚起來。孫尚書道：「你如何說這話？」翁相道：「他是要著《滿洲史》的人，也怪不得的。不必說了，請主人結韻吧。」成端甫即復吟道：「能挽狂瀾唯聖賢。為上聖主得賢頌，撫綏藩屬迄朝鮮。」翁相道：「此席要送袁世兄的，端甫結韻很好。」便大家飲了一大杯，又談一會，方才終席，即次第辭去。

次日即是袁世凱引見之期，都是循例問過幾句，即拜辭各當道，然後出京。恰可家眷已報稱由本籍起程來津。便一面謁過李相，即打疊行程。果然候了幾天，家眷已到，即行起程，航海而去，望漢城出發。那日到了韓京，依例謁過韓王，到署任事。

有話即長，無話即短。且說袁世凱到了韓京之後，那時朝鮮各政已腐敗不過。自從韓王人嗣後，當時韓王生父大院君當權，把持政體，性情詭祕。韓國諸臣，恐生出後禍，即報告清國。經李鴻章帶兵赴韓，捉拿大院君以後，以為平定了韓事。

不想自後反各分黨派，或爭聯外，或爭執權。韓王是個沒頭腦之人，總沒一些決斷，因此強國就紛紛窺伺，有煽惑韓王的，有籠絡韓王的，總說不盡。偏是當時韓國風氣漸開，也有些往日本遊學的，頗懂得外情內勢，看見列強大勢，如弱肉強食，韓國如此，焉能自存？便聯絡一班同志，自名為遊東學黨。先是指陳時事，觸了韓政府中人之忌，自不免當他是個叛黨，要拿捕他們了。

後來日進一日，那東學黨人，就生出一件亂事出來。這時袁世凱到韓已有年餘，軀朝鮮有了亂事，料知日本虎視眈眈。

且從前日相伊藤到天津時，又與李相立過一道條約，宣告如朝鮮有事，此後清、日共同保護的，日人那有不起兵之理？便先把韓國亂事，電告天津，請兵赴韓平亂。去後過了數日，又見東學黨人勢更猖獗，韓政府總奈不得他何。又再發了一道電報至津，請李相從速發兵，免落日人之後。正是：

靖亂發兵休落後，奔棋落著貴爭先。

要知後事如何，且聽下回分解。

第四回　爭韓政清日交兵　策軍情袁氏返國

話說袁世凱因朝鮮東學黨人起亂，朝鮮政府無法平定，已一再電致天津，求李爵相發兵。不想一連發了兩道電報，總沒訊息。心甚焦灼，因料日人從前已立了清、日共保朝鮮的條約，他一定發兵的。若己國不發兵到來，讓日本平了韓亂，豈不是後來交涉更為棘手？想到此情，覺自己兩次電報，既無發兵訊息，難道李相總信不過朝鮮有亂不成？沒奈何，立即求見韓王，力言亂事已勢大起來，請他具文到清國求救。韓王當時亦以袁世凱之言為是，因朝鮮人心，以己國久為中國藩屬，心中還依靠中國，卻不大喜歡日人的。所以韓王聽了袁世凱的話，如夢初覺，立即與袁世凱商量表文裡頭的話，即刻繕就了，星夜派人前往天津，先見了李鴻章，然後入京謁見各大員，商請發兵之事。

當下李相知道韓王求救，果然朝鮮有亂是實。但此番派兵，勢不難與日人生出事來。眼見陸軍不是他人敵手，且北洋雖有水師，奈經手訓練北洋水師的，是英國藍提督，又已辭差回國，故此想到萬一與日人開仗，太無把握，因此甚不願戰。唯廷旨已迫促派兵，只得與軍機中人酌議，一面派兵赴韓，一面照會日人，告以派兵之事。便令直隸提督葉志超，先帶淮軍一千五百人，遵依天津條約，令吐軍在牙山駐紮；又派水師濟遠、揚威二艦，赴仁川以為聲援。時日人亦已派兵五千駐紮韓境。不想朝鮮東學黨人，當初雖甚聲勢，及見清、日兩國大軍雲集，早已斂跡，故亂早已平靖了。論起當時清、日各自派兵，原屬各有道理，因清國以為藩屬有亂，不得不派兵相助；在日本又以天津條約，是訂明自後朝鮮有事，兩國共同干涉的，他如何不派兵呢。

及至韓亂既平，日本政府便照請清國同去干涉朝鮮內政。

那時袁世凱亦有電至李相處，贊成此事。偏又朝鮮王因日人派兵大多，聲言要干涉己國政事，便憂懼起來，又電請清國先行撤兵，以謝日人。清廷亦曾有電問李鴻章如何辦法，奈當時樞臣統通以朝鮮系自己屬國，如何任日人干涉？也總不記得天津條約的事。那李鴻章無可如何，便不能依從袁世凱贊成干涉韓政之電，只得與日人商議，並行撤兵。那時日人以為，若不整妥韓政，恐他不免復亂，故此又不允即行撤兵之議。李鴻章此時已懼戰禍不免，只得又派總兵衛汝貴，帶領盛軍馬步六營，前往駐紮平壤，又令馬玉昆領毅軍二千人，駐紮義州，一面仍與日人商議一同撤兵。不料日人實守干涉韓政的主意，幾番交涉，撤兵之議總不肯從，外面雖與清國會議，實則陸續派兵往韓境，已有萬餘人。時清國駐韓兵力，不過數千，又不及日兵的慣練，所以日人一發輕視清兵，竟在牙山地方，因點事，兩國就衝突起來，遂開了戰釁。

看官，那李鴻章豈不知道自己內情，實不輕易戰的，故他心上本不主戰。若依袁世凱的電，贊成干涉韓政的事，自然免了戰禍，就是日人不允撤兵時，肯遷就些還好，奈當時朝中大臣，總不通外情，只當自己是個大國，小覷了日本，湊著光緒帝又是個少年氣盛的，把個戰字看得容易，故李鴻章亦無可如何，這卻怪他不得。但後來單靠與日人商議撤兵，任日人派兵到萬餘人，自己只派了數千，可就失算了。

話休煩絮。且說自日兵派到萬餘人，袁世凱整整打了幾通電報告知李相，不料那李相總未得接。你道什麼原故？因李鴻章自從懼與日本失和，已令龔照璵前往鎮守旅順，又致囑張佩綸認真司理電報機關。以為派了自己人，自然靠得住。不提防那張佩綸自從在福州敗了仗回來，聽見一個戰字，已幾乎嚇破了膽，總不願與日人開戰。故接得袁世凱的電報，統通譯出來先看，知道日人已派出萬來兵，誠恐李相見了，一定加派人馬，豈不是弄成了戰事？左思右想，要設一點法子，好阻止李相派兵，便將袁世凱的電報統通改易了。李鴻章全不知覺，遂滿意以為日人可以和平了結。後來打成仗，才知道自己前敵兵少，一經交鋒，就失了牙山，心中正恨袁世凱不把軍情報告，又篤責葉志超無用。

那葉志超是個圖功怕罪的人，眼見眾寡已是不敵，槍械又不若他人之精，料然抵敵不住，唯有虛報了幾回勝仗，再不敢戀戰，直望風而走。不分晝夜沒命的奔逃，沿途並不敢有一刻駐紮，直走到鳳凰城方行歇馬。時提督宋慶，正駐守鳳凰城，見了葉志超，大驚道：「我只道你在牙山打仗，方才報了得勝，為何便到此地？」葉志超好半晌方神色稍定，然後答道：「日兵好不厲害！斷不能與他對敵的。倘要戀戰，不過在送了軍人性命。」宋慶厲聲道：「你可知道牙山到這裡有多少路程？你報了勝仗，又至今有幾多天？這會便到此地，想你路上不曾歇過馬，莫不是你跑路總不見勞乏的？」葉志超唯有面紅不語。宋慶道：「你既然敵日人不過，就不該亂報勝仗，致貪功誤事。」葉志超總沒一句話答。

時聽得日兵聲勢日大，左保貴已在平壤戰歿了，衛汝貴又不敢與日人對敵。所以陸路各軍，眼見是不濟。那時日人又從水路進攻，先把旅順攻破了。原來龔道照瑍駐守旅順，從前所有修炮臺、置大砲，統通是中飽入自己私囊，置了些沒用的東西，就花開了數目，盡私肥了數十萬金。當日人未攻旅順之時，李鴻章料得日人必來攻擊旅順，就自己親往巡視炮臺。看見一些東西皆不足應敵，真是無名火起三十丈，乘著怒氣，舉起一隻右手，向龔照璵背項，給了一巴掌。龔照璵也不敢做聲，所以世人說「一巴掌就賺得數十萬」，就是這個原故。

話休煩絮。且說是時日人既破了旅順，又在黃海戰過一次，只有一個致遠船管駕的鄧世昌，拚命與日人一搏，雖然壞了日人一二號戰艦，致遠亦沉，鄧世昌已殉難而死。餘外如濟遠管駕方伯謙，更不消提，只聞了炮聲，就將船駛回退走。日人艦隊就長驅直進，盡力攻打劉公島。時海軍提督丁汝昌料知不敵，只得豎起白旗投降。所以當時北洋艦隊，除了沉沒的，已盡數讓歸日人了。那時無可奈何，唯有向日本求和，整整賠了二萬萬兩，割了臺灣一省，方才了事。這都是人人知得的，也不勞細表。

單表袁世凱在朝鮮，自從清、日兩國開了仗，已把日本軍情，凡自己探得的，已統通電知李相。不想張佩綸於袁世凱發來的電報，盡行塗改了，然後呈送李相閱看，所以手相就深恨袁世凱，謂他報告不實，大誤軍情；又因袁世凱是自己所用的，卻不曾奏參，即先發一道電文，責備袁世凱，都是責他不能探悉軍情，妄報之意。袁世凱得了李相那道電文，心中大不滿意，因為自己已是盡情報告，他竟反責下來。究竟什麼原故？想了想，料知是電局的人作弊。唯只道是朝鮮電局，或有袒日黨人在其中，把自己電文竄改去了，殊不料倒是張佩綸作弄。若僅打電回覆李相，恐電文又不難被人塗改，這樣，自己若不能親自見李相面陳，斷斷難達得自己衷曲。這時便立要回返天津去。

但當時正在兩國交兵，自己是個駐韓辦事人員，一定被日兵搜截，如何去得？唯事情重大，又不容不去。左思右想，要尋個回國的法子。便與署內幕員商議，唯有改裝微行之一法。

次日便剃去兩撇鬍子，扮作一個尋常的人，帶了些少行李，離了朝鮮。沿途卻有日兵盤詰，但都當他是個商人，卻不好留難。經了幾次險阻，才脫出了，附搭了一隻商船，直望天津而去。時已國又無商船來往，日船又不便附搭，只搭了一隻外國商船，連船票也不曾寫定，就跑到船上，見到一間房子就端進去。時日人恐怕洩漏自己軍情，泊船處本來搜得十分嚴密，還虧袁世凱扮成一個尋常商人，不曾被他窺出破綻。唯心上仍自打戰。直待船已開行，方敢跑出船房一步。直望天津而來，正是：

河橋馬渡人先去，函谷雞鳴客已逃。

要知袁世凱回國如何情形，且聽下回分解。

第五回　改電文革員遭重譴　練軍營袁道拜私恩

話說袁世凱改裝附輪之後，直抵天津，求見李相。時李相正因軍務棘手，滿胸積悶，忽門上傳上袁世凱名刺，心中正恨他不把軍情報告，方要傳見，好當面申飭他，便傳出一個「請」字。袁世凱即昂然直進。行禮之後，李相即厲聲道：「你在朝鮮好清閒！卻把軍情不顧，誤國不少。」袁世凱道：「卑道正為接得尊電，蒙丞相責備，故千辛萬苦回來，要見中堂一面。卑道自問沒一事不盡情報告，今蒙丞相責備，望中堂指示卑道的罪名。」李相道：「你還說？日本調許多兵馬到了韓境，你如何不告我？」袁世凱驚道：「中堂什麼話，那有一次不報告的？」便把自己第一次是什麼報告，第二次是什麼報告，一概說出。李相道：「難道老夫是不識字的，連電文也看不出不成？」

袁世凱道：「既然如此，卑道發來的電文，中堂還有存下否？請賜回卑道一看。」李相聽罷，此時仍不知是張佩綸作弄，即檢出擲至袁世凱面前，並道：「你且看！」袁世凱接在手裡，一頭看，一頭汗如珠點。看罷即道：「奇極！卑道甚望中堂查究此事。」說了，即在身上拿出自己發來的原電文，當面一對，隨又道：「卑道因為中堂見責，特檢原電回來，呈中堂一閱。今見中堂接得的電，與卑道原發的不符。中堂一看，便知分曉。」

李相此時已放下幾分怒氣，即把袁世凱獻出的電文，對覽一會，滿面通紅，又露些惱怒之色。然後低頭一想，不覺將案上一拍，一言不發，隨令左右，轉令文案員發札，傳電局總辦張佩綸到衙相見。搖首嘆息一會，謂袁世凱道：「若張某到時，你且暫避他。老夫盡可查悉此事。你見到那姓張的，也不必生氣。」袁世凱謝過李相，心上盤算，仍恐張佩綸是中國人，又受中國薪俸，且為李相姻親，何至如此，難道他受了日人賄賂不成？只怕未必有此事，又不免疑朝鮮電局作弊。

正籌度間，忽報張佩綸已到，袁世凱便轉進後邊。及張佩綸到了，袁世凱在裡邊細聽他翁婿有何說話。再從門縫兒偷看，只見李相全無怒容，張佩綸見了，反覺驚慌。坐猶未暖，李相卻道：「你總辦電報局的事情，所有官電往來，可是自己經手，抑是統通委付他人？你快說個詳細。」張佩綸沉吟了一會，才道：「不知岳父問那一件？若是尋常電報，只由經理的人譯妥送交；若關於國家事件，統由小婿過目的。」李相到這時，發怒道：「既是你過目的，自不能責備他人。你今已犯了殺身之罪，誤盡軍情，負了國家，又陷了老夫，你知得不曾？」

張佩綸到這時，已知是朝鮮發來的電報，自己所塗改的已發作了；又不知袁世凱已經回來，只自忖：「自己改了電文，也沒有對人說過，何李相便知得？」心中捋上捋下，只得硬說道：「岳丈此話，從何說起？小婿有何罪名，總望實說也好。」

李相見他如此硬說，便再發狠向他說道：「駐韓委員發來的電文，你盡把來竄改了，你究懷著什麼用心？老夫有何虧負於你？卻誤老夫至此！」那時張佩綸已面如土色，仍硬著說道：「所有駐韓袁委員來電，統通是照原文譯出送來，並無一字改易。岳丈不要聽別人的話，小婿實為感激。」李相見他還矢口不認，便心生一計，即道：「已從朝鮮電局，查出原電底回來，與你送來的電，總不符合。你獨把日本調兵的人數塗改了。你若不是受了日人賄賂，如何肯幹此事？你快些說個原故，或可原諒。若是不然，便是老大不殺你，朝廷還容得你麼？」一頭說，一頭拍案大罵。又將袁世凱呈出的原底電文，及張佩綸所屢次呈上的電文，擲至佩綸跟前，怒道：「你且看袁委員的原底電報。同他不同，若不是你將原文竄改了，誰敢竄改？你還好說！」

當下張佩綸聽得是由朝鮮電局檢回原底，額上已流著一把汗。此時不免滿面驚慌，雙手打戰，拿著幾張電文，又遺失在地，故聽得李相所責罵，已不能對答。李相越發大怒，要責他供出竄改電報的原因，隨又喚袁世凱出來。張佩綸見了世凱，更不能置辯。袁世凱唸著前情，一來恐佩綸難以下場，二來又覺李相過不去，即道：「事已至此，中堂發怒亦是無用。兄弟且問張老哥，移改電文，究是何意？想老哥是個廉潔自愛的人，斷不至受外人賄賂，務請細言其故，商量個辦法才是。」在世凱，此言似是護衛佩綸，實則坐穩張佩綸，使他自承改電。那張佩綸心亂之際，如何悟得？自然當袁世凱是好意，即嘆道：「我本來為國，反弄成誤國矣。」說罷不覺流淚。

袁世凱道：「你什麼為國弄成誤國呢？」張佩綸道：「兄弟自料己國不能取勝日人，不欲開仗，若把日人調兵實數報告，料李中堂必先發大兵來與日兵相當，恐兩國各恃兵力，必至激成戰事。故先前竄改電文，實望李相緩發軍兵，勉從和議。實不料此次戰端觸機即發也。」

李相一聽，真是無名孽火高千丈，拍案道：「你這小孩子的見識，你道不派多兵，便易成和議麼？正唯派兵不足，反受敵人挾制，諸多要索，反致和議不成是真。虧你自福州敗仗回來，還敢說軍事！你聽著炮聲不走就好了，還學人籌度軍情麼！老夫治兵數十年，被你牽陷至此，有何面目見人！且你誤國至此，百死不足蔽辜。你快回去自處，老夫今日不能替你設法。」

張佩綸此時更沒得說，只使個眼色示意袁世凱，求他說句話，便滿面通紅，抱頭鼠竄去了。

袁世凱暗忖道：「若自己力斥張佩綸，覺自己更為有功。但唸著前日交情，意自不忍。且李相又最愛親戚情面的，盡令李相過不去，於自己前程亦屬有礙。」使向李相道：「張老哥這會辦事真誤軍情不淺。但也不過沒見識，一時愚昧，與受人賄賂的不同。以卑道愚見，只合責他擅自決事，貽誤軍機，終不能責他賣國。他一點愚誠，實在可憫。中堂以為然否？」李相嘆道：「他以一己的私心，致誤軍情，本罪在不赦。但老夫自問，亦失計太甚。視人派兵多少，然後自己派兵多少，已是誤了；且老夫當初，以自己任大責重，常恐他人誤我，故每事必委自己親人。今卻沒一人可用的，誤老夫至此。恐明日紛以老夫任用私人，還有面目見人麼！」說罷幾乎掉下淚來。

袁世凱自忖道：「俗話說，丈夫流血不流淚。看李相長成七十來歲的人，說話間至眼皮通紅，真不忍見。」即答道：「勝敗兵家之常，中堂何便煩惱如此。卑道有一言，不知合否？因中堂若置張佩綸於不言，便是自己獨任其過，外人聞之，反貽口實。不如輕輕參佩綸一本：一來見中堂不袒私人，一來見戰前派兵不多，非自己之咎。不知中堂以為然否？」

李相道：「佩綸不能不參，但責任在我，豈能徒委諸他人？老夫自此必聲名掃地矣。但一己不足惜，恐國事亦自此益艱，則老夫之罪更重也。」

袁世凱唯再復勸慰問李相一會。李相即留袁世凱住下。自己退轉來，獨自尋思：「自己從前卻錯責了袁世凱。今番若把張佩綸的事切實彈參，那張佩綸自然不免。若是替他隱飾，不特自己的名聲越加壞了，更又對不住袁世凱。」想到此會，更為憤怒，便親自起稿，把張佩綸改易電文，混亂軍情的罪狀，切實參了一本。當時朝廷看了李相那本奏章，十分大怒，發下軍機及刑部會議。時軍機大臣明知張佩綸此次罪情非同小可，但他與李相是有個翁婿之情，且用人不當，實是李相之咎，盡要替他留個體面。把原折細勘，覺得張佩綸竄改電文，不過不欲與日人開戰，恐多派兵時，易開戰禍，故以如此塗改，只是他的愚處，不是他的奸處。就從這裡替他想出一條生路復奏。

過了次日，就有諭旨降下來，把張佩綸發往軍臺效力。這一場大案，就此了結。

且說當時自因水陸大敗，只派李相父子前往日本說和，賠款割地，方能了結。那時朝中文武，又紛紛把李相參劾。朝廷雖念他是個勳臣，但人言嘖嘖，終不免有個處分。前者已拔去三眼花翎，褫去黃馬褂，一個北洋大臣，已改令王文韶接充。

這會因參李相者仍絡繹不絕，便又降一道諭旨，責他用人不當，著他留京入閣辦事。李相當此，覺「用人不當」四個字誠是不錯，但在袁世凱一人，也沒有什麼不當，若不替他設法，實在冤枉了他。恰可和議成否，朝廷因北洋是個緊要的去處，不便委任他人，乃換榮祿繼任，即調王文韶入京。那榮祿不是別人，乃皇太后的內侄子，由西安將軍轉任兵部尚書，並任副相，至此始出鎮北洋。

自從榮祿到任，看見各路軍營，於戰敗之後，實殘破不堪用，自須再練軍兵。且以水陸軍勢盡喪，水師實不易恢復，唯有從陸軍下手。就把此意奏知朝廷。朝廷亦覺得此意甚是，只惜戰事開時，已耗資不少，弄得庫款一空。及後講和，又賠了二萬萬兩去了。練兵之事，實不易言。便批下來，著榮祿就地設法，籌款練兵。當下榮祿接得這個諭旨，覺練兵之說，是自己發起，今不得不行，但籌款固難，靠人亦難。況自經敗後，所有北洋統兵官員，統通有了處分，革的革，殺的殺，死的死。

雖是練兵，亦沒人幫助。因此便往訪李鴻章，商議有什麼人才可用。李鴻章回想清日戰事時，各員沒一個不誤了軍情，單是袁世凱還是留心一點，其情可憫，且其才亦可用。便在榮祿之前，一力保薦袁世凱，并道：「自年前軍興以來，沒一個不誤事的。唯那姓袁的報告軍情，沒一點差漏。他平生亦有點本事，盡合用得著。」榮祿聽得，不勝之喜。回衙後，便即傳袁世凱到衙相見。時袁世凱正得李相密報，知道把自己薦往榮祿處。

忽見榮祿傳見，暗忖：「自己在北洋差遣，今李相不在北洋，正該求榮祿賞識，趁此機會，便圖個升官。」想罷，立進督署而去。

看官試想，袁世凱是什麼樣人？他巴結上臺，用自己的才力，是很有手段的。當下與榮祿相見。榮祿先把李相保薦他的話，說了一番，又切實問他練兵的事，從那處下手。袁世凱聽罷，便壯著膽子，伸張三寸不爛之舌，說道：「卑道不才，自問從前無補於國家，今又辱蒙李中堂保薦，大帥又不恥下問，只怕卑道才力薄弱，不足副大帥之期望。況練兵重事。早道資望亦輕，請大帥另委高明，免誤軍政。」榮祿道：「你不必過謙，便是李相不保薦時，我亦須用著你的了。因為練兵兩字是容易，只就籌款，卻不易言。你在北洋有年，料必熟悉情形，盡可盡說，倘有可行之處，無不彩行。他日成軍，功勞不少。」

袁世凱道：「以卑道愚見，若重新召募軍人，耗資實巨。日前兵敗之故，不是軍兵不良，不過訓練不得法，加以器械不精而已。且現在北洋，淮軍毅軍若盡行遣散，亦難安插。不如在淮軍毅軍之中，汰弱留強。倘不足額，然後添募，合新舊勇盡行改練洋操。從前所有的軍械，挑選精良的，一概用回。若朽敗的，把來沽去，以資津貼，實一舉兩便，亦事半功倍。且卑道猶有一說，知己知彼，百戰百勝。我們於軍營事情縱有些經驗，總不是從專門學過來的，故現在要練陸軍，盡聘一位外人，充做顧問才好。」榮祿道：「適聞高論，實開茅塞。但聘用外人，究聘那一國的才好呢？」袁世凱道：「以卑道愚見，方今陸軍強國，就算德、日二邦。鄙見猶主用日人，因彼此同種同文，目下又言歸於好，且聘日人的薪水較廉。故不如用日人罷。」榮祿聽了大喜，便把袁世凱的議論，奏知朝廷，依著行事。復奏保袁世凱為練兵大臣。正是：

不必才華能動眾，全憑知遇促升官。

要知後事如何，且聽下回分解。

第五回　改電文革員遭重譴　練軍營袁道拜私恩

第六回　談新政袁氏擢侍郎　發私謀榮相興黨禍

話說袁世凱既得榮相保舉為練兵大臣，便聘用日人兩名為顧問。又將舊日北洋勇營汰弱留強，再募些新額，湊足六千人，名為新建陸軍，日日訓練，不必細表。

且說當時自戰事敗後，京中各大員頗知得外人的厲害，盡有些人知道日本維新後即能自強，就要說到「變法」兩字。那時就有一人，姓康名無謂的，本籍廣東人氏，當初在本省講學授徒，召集生徒數十，替他鼓吹聲名，捱了千辛萬苦，才中得一名進士，點了工部主事，總不得志。他從前因翁同龢在北京提倡公羊學說，他便看了年把《公羊春秋》。豈知那翁同龢凡遇著說公羊的，就當他是有才幹的人物，所以翁同龢也看上他。他就投拜在翁相門下。

康無謂這時，要圖翁相保薦，盡要弄些才學動他，才能得翁相信服。故此接二連三上了幾次書，統不過是說築鐵路，開礦產，設郵政，廢科舉，興學堂，裁冗員這等話頭。本是尋常之極，只就當日北京臣僚看起來，也當是有十分學問，故此，人人也識得他的名字。他又想聯絡黨羽，一來好張聲勢，一來又可互相利用，因此也立了一個保國會。先是入會的有十數人，各出來傳頌，都道這康先謂先生很有才學，又得各大臣吹噓，不久也執大權的了。

這風聲一播，你道京中各候補人員，那一個不是熱中的，只道所傳說的是真，倒願憑點勢力，好得升官，因此進保國會的人數漸漸多了，整整有數十人，鬧成一片。一面又運動翁同龢，奏請降諭詔舉人才。那時翁相方充軍機大臣，說話是易的。

果然不數日即降出一道諭旨，令大臣保薦人才。那翁相自然把康無謂保薦。同時又有一位梁希譽，是康無謂的門生，他有一個姻親，喚做李端芬，方任禮部侍郎的，也一同保薦康無謂師徒二人。至於他們同鄉的張蔭桓，及一般說公羊的，如張之洞，如徐致靖、張百熙，也同時奏保。康無謂又防自己獨力難以行事，自然要先布黨羽，所以當時保國會中人，如林旭、楊銳、劉光第，統得被舉充軍機章京。康無謂又得了個總理衙門章京。一連十數人，或是御史，或是部曹，倒把「新政」二字，掛在口頭上，好不得意。

那時朝家亦慮這班人，防生出什麼事，所以又派尚書孫家鼐做新政大臣，好把這班人管轄。不料不出朝家所料，竟生出一件事出來，反令袁世凱升官，黨人亡命。正是：

釀成黨錮彌天禍，催得軍門特地升。

你道康無謂等弄出什麼事？因為當時天子年紀還輕，因憤恨前此割地賠款，不免輕躁。偏是當時老太后在宮，見到這般混鬧，空言變法，總不是路，所以暗令有權有勢的大臣，要覷察康無謂一班人的舉動。那班人得知這點訊息，最防老太后拿著自己痛腳，就暗中商議，要除去太后才得心安。在那一般人，早知那老太后是不能容自己的。卻是什麼原故呢？因為向例，京官凡是部員要條陳事件，若不是封章的，凡尚書侍郎，皆得拆閱，看他合格與否。

那日有個姓王名照的，都是康無謂一路的人，正充禮部主事，竟上一道條陳，也說是指陳新政的，並請皇上游歷日本。

該部尚書許應馬癸、懷塔布把來看過，指出他有些不合，叫王照總要改轉。那王照恃著當日說新政的是得勢的人，就咆哮起來，說道：「前者皇上早有諭旨，凡有屬員條陳不得阻擋的了。你們恃著是個上司，就要阻撓新政麼？」說罷，不由那許、懷兩尚書分說，就跑了出來，與康無謂商酌。那時保國會中人，正因那少年皇帝聽信自己的時候，即紛紛把禮部各堂官彈參，說他守舊拘迂，阻撓新政。只說王照欲遞條陳，被禮部堂官擲在地上，這等說。

當時朝廷大怒，即把禮部兩個尚書、四個侍郎一併革了。

這時禮部幾個堂官，真有冤無路訴。但革了別人猶自可，革了那個懷塔布，正與老太后有點子瓜葛的。他天天在老太后跟前訴冤，弄得老太后不得不怒，因此便要窺察康無謂的舉動。就是這個原故，康無謂一班人，覺此時若不除了老太后，實於自己不便。便與同道中人商議，要謀個除去太后的法子。各人都道：「昔要除去老太后，一定要靠些兵力，方能保得自己地位。但我們天天談新政，只是空口白話，究從那裡尋得兵力出來呢?」康無謂道：「有人。俺看袁世凱那人，正是喜歡新政的，一定與我們共表同情。他現在有新建陸軍六千人在他手裡，盡合用得著。」各人都道：「若是運動他，盡要小心一點。不要擅自洩漏我們宗旨，是緊要的去處。」康無謂口中雖說是極，唯心中早拿定袁世凱是可用的，故各人致囑之言，也不大為意。

那日便求見袁世凱。那袁世凱接見之際，兩人即把新政談了一番。康無謂即道：「皇上是足以有為的，單是老太后百般阻撓，真是沒法。現在更聞得老太后還要謀害皇上。這樣，若是我們做臣子的不能設法解救，還算得是人麼？」袁世凱聽了，心上反吃一驚，因問道：「足下究從那裡聽得老太后要謀害皇上呢？」康無謂想了一想，才道：「是皇上說來的，並諭令我們要保護他。今弟想我們食君之祿，忠君之事。且見足下是個忠義之人，又是兵權在手，故特來商酌。」

袁世凱道：「據足下之意，欲使小弟何為？」康無謂道：「自古道：先發制人。待至太后下手時，我們便救駕不及了。不如足下先提本部人馬，先至頤和園執了太后，再請皇上發落便是。」袁世凱聽到這裡，目瞪口呆，也說不得出聲，暗忖此人乃有如此舉動。半晌方答道：「足下之言甚是。但此事非同小可。細思兄弟身分，非得皇上明諭，斷不敢行。」康無謂道：「此亦易事，弟當面見皇上，請他發諭足下便是。」說罷便去。袁世凱這時自然心上持上捋下。

不料康無謂回去，與林旭一班人計議，譚嗣同倉皇道：「虧你把這些話來對袁世凱說。此是何等事？豈輕易能對人說來的麼！」康無謂此時不免悔恨，唯硬著撒謊道：「此是袁世凱先說的，不過運動我們，求皇上發個明諭給他而已。」譚嗣同道：「弟不信有此事。榮祿是太后的內侄子，袁世凱正靠榮祿做官，如何肯幹這事？他幹得來，便是榮祿殺他；他幹不得來，又是太后要殺他。他做官正安穩，何苦擔此煩難。今事情重大，總要說真話才好。」康無謂道：「終是譚兄多疑，我那有說謊的道理？」林旭道：「既是康兄親聽袁世凱說的，我們如何不信。」便大家計議，先由林旭、楊銳等一班軍機章京，在皇上面前說太后要謀害皇上的事。

當時皇上聽了，不知真假，心上好不著驚。且又一個少年無知，任人擺弄的，急向林旭等問計。林旭道：「請皇上獨問康無謂，他定然有點法子。」皇上便令召見康無謂。到那日康無謂召見時，更一力說太后的確要謀害皇上。皇上當時聽了，更為心慌，問有何解救的法子。康無謂便道，「袁世凱是個忠義之人，盡合用著。請皇上獨召袁世凱，著他保護皇上，自沒有不妥的了。」皇上聽罷點首。

次日，即傳旨召見袁世凱。時袁世凱只在直隸練兵，今一旦獨被召見，京中皆以為異事，無不注意。那袁世凱亦不料為康無謂一班人運動，只得入京引見。那皇上一見袁世凱，即令平身，立令傳賜點心。袁世凱方訝得此異數，不知何故，心上好不思疑。見皇上說道：「朕素知你是忠義的，只因自下變政，或有些人反對，謀不利於朕躬。到這時，你有兵權在手，休要袖手旁觀。」

袁世凱聽了，就知康無謂日前的話，有些來歷。即道：「到這個時候，臣自然要效力。但皇上不要聽一面之言，自起驚擾，反斗出意外的事來。」當時皇上道：「卿言甚是。你盡要效忠才好。」袁世凱此時，即伏地磕頭奏道：「臣安敢不盡忠。」說罷，當時皇上即令他退出。隨有一道諭旨降下來，加袁世凱一個候補侍郎。

康無謂此時已知道袁世凱召見後，朝廷大為喜歡，看來自己之計是行得的。即再與林旭等商酌，求皇上再降一張密諭，好到時號令各官，且調動袁世凱更易。林旭亦覺得有理，因把康無謂之意，面奏皇上。那時皇上自聽過袁世凱之言，勸他不可聽一面之詞，自起驚擾，這時不免疑惑。但林旭所請，又似乎有理，便把個雙關語氣，發了一張密詔，道是「善保朕躬，無傷慈意」。這八個字，看來是不能動彈得老太后的，這詔實不能把來示人。那一日，只管攜了那密詔，往見袁世凱。先問皇上有何說話，袁世凱卻隱過自己對答的話不提，只把皇上的話，細說了一番。康無謂歡喜道：「不差，皇上已有密詔發付弟等。足下兵權在手，盡可行事。」袁世凱道：「既有密詔，可能賜弟一觀否？」康無謂聽了，覺密詔是不能給人看的，自己也不合說出，今見袁世凱索來觀看，正是左右為難。沒奈何，即說道：「這是發給兄弟的，本不能給人看。今足下既是向志，便看看也不拘。」便拿出張密詔，只露出「善保朕躬」四字，給袁世凱略略一看，隨即收回。

袁世凱此時更滿肚思疑，就知康無謂不是路，但究竟不忍遽發。不圖康無謂去後，不時催促袁世凱發兵去圍頤和園。袁世凱一天推遲一天，總不見動靜。譚嗣同好生憂悶。唯康無謂對著各人，總不把自己與袁世凱往來的事細說。那日竟然飛函袁世凱，促他發兵。那袁世凱接了那封函，覺發兵之事，斷斷使不得。又被其頻頻催促，左思右想，迫得沒法，即拿了那康無謂的函，直往求見榮祿。時已深夜。榮祿見袁世凱稱有機密要事求見，即不敢不接他，立即披衣而出。見袁世凱獨自一人到來，面色倉皇不定，料知有些原故，即問道：「足下夤夜至此，有何見教？」袁世凱道：「沒事不敢深夜驚動中堂。正唯事情重要，禍起宮廷，不得不來發告。」

榮祿急問何事，袁世凱便把康尢謂來說的話，一一說知。

榮祿道：「他拿出的密詔，究是有什麼字樣呢？」

袁世凱道：「卑職疑其中另有別情。因他拿密詔來看時，只露出『善保朕躬』四個字，也未有把密詔給卑職全看。因此更覺可疑了。」

榮祿道：「皇上召見足下時有什麼話說呢？」袁世凱道：「皇上只是籠統說法，教卑職盡忠報國。卑職曾勸皇上勿聽一面之詞，皇上也以為是。看來那班人一定是造出謠言恐嚇皇上的，可無疑了。」榮祿又道：「愚意足下所料亦有八九。今他們請足下發兵，足下只是一天推遲一天。他們若不見你發兵時，一定知得事情洩了，自然逃走，那時便拿他不著。今事不宜遲，愚當立刻走進京城，面奏老太后，好防備此事。總要拿著他們治罪，方稱本心。」說罷，便拿出那顆直隸總督的關防，乘夜不動聲色，乘了單車人京而去。

那時雖在夜分，京中各城門，本已緊閉，只是榮祿到來，因有機密入京，如何敢不放行。那榮祿便一直到了頤和園，口稱有機密要叩太后面奏。所有侍衛內監，倒知他是北洋大臣榮相，又是太后的內侄子，自然要告知太后。時太后已經睡了，聽得榮祿深夜至京，必有緊要告發，乃立即披衣起來，召他入見。這一會真教狡謀立破，大獄旋興。正是：

方謀結黨圍宮苑，反陷同群逮獄牢。

要知後事如何，且聽下回分解。

第六回　談新政袁氏擢侍郎　發私謀榮相興黨禍

第七回　革樞臣黨人臨菜市　立阿哥天子入瀛臺

話說太后因榮祿夜來求見，料知有緊要事情，即召進裡面，問榮祿何故乘夜至此。榮祿叩頭說道：「若沒有緊要事情，臣何敢夜深到來驚擾。正唯關於朝廷安危，及老佛爺性命，不得不到。」太后聽罷，驚得面如土色。即令榮祿起來，旁坐細說。

榮祿便把康無謂一班人所謀，及袁世凱所說，一五一十說出。

太后道：「難道皇帝也來謀殺我不成？」榮祿道：「未必至此。但他們慫恿皇上，說老佛爺將要殺他。皇上不察，信以為然，就諭飭他們救護。所以他們就乘機謀圍頤和園。口口聲聲說是皇上有旨，說老佛爺阻撓新政，先要除去，實則為作亂之計。總望老佛爺立須決斷，以杜逆謀才好。」

太后道：「我明天即察問皇帝，且看原委如何，然後定奪。」榮祿道：「總望老佛爺不要遲疑。因他們摧促袁世凱發兵。袁世凱只推他明天舉事。若他們不見袁世凱舉動，定知狡計敗露，先自逃走，反令逆臣逍遙法外了。」

太后聽得，深以為是，便立發條諭，令步軍統領衙門閉城大索逆黨。督飭兵勇盡拿康無謂一班人，統交刑部治罪。一面又令榮祿速回北洋，飛飭兵部截緝，免令他們漏網。榮祿領過密諭，立即遄返北洋而去。

那時康無謂自念：「屢次運動袁世凱，他口裡應承，總不見發作。看來譚嗣同之言，說袁世凱必做不到。老譚這話，不可不信。但自己雖瞞著黨人道是不是自己運動袁世凱，反說袁世凱運動自己，這話不過撐住一時。究竟自己做事自己知。自己情真理確對袁世凱說過幾次。倘袁世凱做不到時，定然要把自己所謀告發。這樣想來，豈不甚險？不如先離京去了，較為穩著。若有禍患，自可先行逃去。沒有好處，這時再回也不遲。」便立定主意，先修書給他門生一個姓梁的，喚他逃走。忽然門外傳上一封書信來，認得是李端芬字跡。

原來自當時禮部尚書許應騤革了，那李端芬已轉補禮部尚書，這都是一班黨人之力。這會李端芬聽得訊息不好，便立即通知康無謂。故康無謂看了，十分驚惶。因函內所說，只稱榮祿昨夜單車入京，面見太后，一定有些意外之事，須作預備這等語。康無謂就知是袁世凱向榮祿告發的了。這時正甫天明，看來三十六著，走為上著，也不容遲緩。因此只發繪得梁門生一封書，餘外統不暇報告。就是一個親弟，喚做康何謂，也是天天跟著談新政的，倒不暇使他逃走。自己亦不暇檢拾行李，獨自一人，慌慌忙忙跑出京去了。後來得天津日本領事署一個日本人救他逃往日本去。此是後話不提。

且說太后自囑咐榮祿回北洋截緝逃犯之során，那榮祿自然趕緊回衙，與袁世凱商議，將各營軍兵分頭抽調截緝；又傳令各處關卡，偵察來往行人，不得令逆黨走脫。那太后又恐一班黨人漏網，更令京城各門一律關閉，不得放人出進。再令由北京至天津的鐵路停行一天，免令逆黨中人混跡逃去。遂把一座大大的京城防閉得鐵桶相似。

那步軍統領大臣領了太后密旨，率領人馬四圍搜捕，先到康無謂所寓的南海館捕人。時林旭、楊銳、譚嗣同及康何謂等，正在南海館談論。因不見康無謂訊息，又見風聲已緊，正憂慮不迭。先是門子到來報說道：「不知何故，街外紛紛傳說，有老太后密旨，要捕捉逆黨，現在京城各門俱閉，連火車也停了。」說猶未了，林旭等正面青面黃，不想步軍已到，把南海館團團圍住。這時各人因聽得風聲不好，都到南海館打聽訊息，就被步兵統領大臣將在館內各人一網打盡。先把林旭、楊銳、楊深秀、劉光第、譚嗣同、康何謂共六人一同拿住。再將南海館搜遍了，總不見康、梁兩人蹤跡。便問那六人康、梁兩人逃往何處，都道不知。時六人被捕，面面相覷，垂頭喪氣。

那步軍統領大臣料知他們確不知康無謂的去處。猛想起李端芬、翁同龢是援引他們的，李端芬更與姓梁的有個姻親之情，料想姓康的躲在翁同龢處，姓梁的又料然躲在李端芬處。但翁、李兩人是個大臣，也不好擅搜他的住宅。立即帶領林旭等六人先交刑部。卻密奏太后，不見康、梁二人，並言及疑他在翁、李兩大臣處，不敢擅去查搜。

太后聽得，正在怒氣沖天，便道：「今日釀出宮廷大變，都是由翁、李兩人濫保匪人所致。你只管前去搜他，萬事盡有我在。你畏翁、李兩人則甚！」

那步軍統領大臣一聲得令，即分頭前往翁、李兩人處搜捕，總不見一個人影。細想：「火車停了，城門閉了，料他兩人不能上天入地，究往那裡去？」一面又電問榮祿、袁世凱兩人，有拿得康、梁兩人不曾。榮、袁二人，亦複稱不曾拿得。那時因拿不著為首之人，恐太后責備，不勝惶急，不免打草驚蛇，凡與康、梁有一點往來的，倒搜查遍了。整整鬧了一兩天，弄得京城風聲鶴唳。因為康無謂得勢之時，凡那些候補中人，或在部中行走的，倒當康無謂是有權勢的，要靠他援引，也不免紛紛從附，以能人保國會為榮。及見那六人被捕，料刑部堂訊之時，也不難供開自己是個同黨，如何不懼？因此人人自危。

步軍統領大臣把這個情形，奏知太后，方才令火車復行，城門再開。又見京中人心惶遽，須要弄點法子安慰人心，便令刑部衙門不必將六人審訊。因懼他六人供開同黨，義個知他黨內有若干人，反要大起株連，治不勝治。又以那六人已情真理確，是跟康無謂同一路走的，便不管三七二十一，即將那六人押赴菜市口，立即斬首了。再將翰林學十徐致靖革職監禁。

又將地兒子徐仁鏡、徐廠鑄一併革職。隨複查在逃的，除康、梁兩人之外，有京卿王照、御史宋伯魯等。立即發愉各沿江沿海的督撫，飭令各關卡一體嚴緝，毋令漏網。這諭一下，已不知康、梁逃到那裡，只得又降一道諭旨，把他官階功名革了，仍令查緝，更出賞格拿他，唯恐不獲。這樣看來，那康無謂行為，雖不是個道理，但何至因他一人牽連許多，又拿了六人，不訊而殺，還有什麼公理！可見專制國的淫威，真有草菅人命的手段了。

話休絮煩。且說當時朝廷因拿康、梁不著，就遷怒當日援薦康無謂的大臣。先把翁同龢、李端芬革了。學士徐致靖擬斬，秋後處決。學士文廷式亦革職回籍。最幸的是岑春暄，因外放之後，疑他不與聞康無謂的事，即免置議。那張之洞亦是保薦康無謂的人，自己料知不免，急的上了一道奏本，力請重治康、梁之罪，始得無事。至於巡撫陳寶箴，就不能免於處分。統計牽連共四十餘人。

單是侍郎張蔭桓，本亦是援引康無謂的，就有人奏他是康黨，且與康無謂同鄉，不時來往，更動人思疑。朝廷就派了大學士徐桐查他。那徐桐是個第一反對新政的人，自派了他查辦，各人倒道張蔭桓危險。還虧張蔭桓在總署多年，經手借過幾筆大洋款，弄得注大大傭錢，整整有六七十萬之多，立即託人打了榮祿及徐桐的手眼，費了三十萬金，那徐桐就停頓了兩天，暗令張蔭桓把與康無謂有來往的函件，統通焚了，然後徐桐前去搜查。後來復奏，乃博得「似非康黨」四個字，就免過了一時。後來畢竟被榮祿排去，也不必再提。

自此次革殺各員之後，京城裡頭真是小兒也不敢夜啼。從前天天說新政的，到這個時候，連一個「新」字也不敢說。當時皇帝更不敢置議。太后本憤怒已極，但念當時皇帝只是一個受人擺弄的人，也不必計較。不料康無謂逃了出來，言三語四，一來說太后委實謀殺皇上，故皇上有密詔給我們，要除去太后的；二來又說這會得逃難出來，系得皇上先通訊息，知道榮祿入京，定知有些不妙，故能逃出，若不是皇上通訊，就不免同及於難，這等說。這點訊息，被太后聽得，真是怒竅生煙。因太后以當日火車停了，城門閉了，若不是皇上救他，他如何逃得去？故聽了也信為真，就不免遷怒當時皇帝，以為康無謂一班人，正謀圍頤和園，要殺自己，若皇帝沒有給密詔過他，自然要捕康無謂到來好對證，如何反通訊息於他，縱他出去，因此上，自聽了康無謂自說由皇帝縱他逃走之語，確信為真，立召榮祿入京，商量此事。

那榮祿亦慮當時皇帝執權，於自己終是不便，便於召見時密奏道：「皇上本沒什麼主見，只是聽小人擺弄，終恐有礙大局。務請老佛爺獨斷獨行才好。」太后道：「不知軍機裡頭，各人意見怎地？」榮祿道：「容臣探看他們意見如何，然後奏復老佛爺便是。」太后深以為然。榮祿便辭了出來，到軍機衙門，力主請太后再復垂簾之事。

原來當日「變法」兩字，凡屬宗室大員，十人中盡有九人不贊成的，都道若是滿漢平等，一旦漢人有權，滿人就立足不住，故於「變法」兩字，多不以為然。不過當時皇帝主持，各人倒不敢說。今見康無謂一班人弄出這事，一發要乘勢推翻。

況當時皇帝不是個有才幹的人，一切權術總敵不過太后。故各大臣之中，倒唯太后之言是聽。所以聽得請太后再復垂簾之語，滿員軍機沒有一個不贊成。

其中有一個李鴻章，卻說道：「想皇上經過這會事情，必然悟得從前被人所愚的了。以某愚見，太后垂簾之說雖然是好，較不如再候些時，且看皇上舉動怎樣，然後決奪。」不想李鴻章說了這話，就有一個親王答道：「此乃我們家事，李中堂你不必說罷。」李鴻章聽了，滿面通紅，不敢再說。餘外漢員，見李相且說不來，自然唯唯諾諾。次日便由軍機一同列銜具奏，請太后再復垂簾聽政。那折既入，不消兩無，即由當日皇帝發出一道諭旨，自稱有病，不能親理萬機，復請太后垂簾，這等話。自此各事都由太后主持。到那時皇帝反怨恨那班黨人不已，以為若不是逆黨在海外說出種種謠言，斷不至如此。但這時已悔之無及了。

且說當時皇帝既已失權，又借養病為名，天天住在瀛臺裡面，不聞外事；沒有一個兒子，那些近支親王，又不免各逞雄心，要圖承繼這個大位。因為當時皇帝，亦是入繼的。卻是太后親兒同治帝沒了，不曾有皇子。論起昭穆，本該要立同治帝的侄子方為合理。唯是他侄子，系恭王的孫，太后恐怕恭王因自己孫子做了皇帝，一定他自己執權，於太后自己有些不合，就改立了當時皇帝，作為以弟繼兄。自即仿以來，已爭論不少。

今一旦皇帝大權，又無嗣子，那些宗寶近支，自不免互相覬覦，在裡頭也巴結太后，在外面又巴結榮祿，欲為將來立嗣的地步，這等人已是不少。

單是端郡王載漪，亦是一個近支宗派，他有一個兒子，年甫四齡，喚做傅儀，向來頗得太后喜歡。那端璵榮祿又是一個知己。一來端王為人卻有點心計，與榮祿提議請太后垂簾之時，是端王首先主張的。故立嗣一議，由太后以至榮祿倒屬意傅儀一人。但是端王心裡只欲兒子急做皇帝，若僅得立作儲君，不知何時才得登位。是以天天運動，只要兒子即登大位，好教自己早日做太上皇。那時一班臣工早已知得太后之意，倒未趨承端王，替他盡力，好為將來保薦功名之計。故自康無謂這案一出，弄得京中大臣大天要謀廢立。

那當時皇帝又最不能得各大臣之心的，個個倒知得有個太后，也不知有個皇帝，竟要跟端王一路走。試想端王要謀自己兒子登位，那有不盡力的道理？但是太后還慮幾分人言，恐怕各疆臣不服，反成紛擾。便發個電諭，往問江督劉坤一及鄂督張之洞兩人。因為他兩人做了數十年大官，一向恭順朝廷的，料必從自己意見。若得他兩人贊成，不怕各督撫有些反對。果然張之洞接得電諭之後，不敢復答一字。他明知這件事不好做，但恐太后不喜歡，故不敢言，就敦起一個名教家的款了，以為不忍言罷了。獨劉坤一復一道電，說是「君臣之分已定，中外之口難防，臣所敢言者在此，臣所不敢言者亦在此」。這四句話，太后想來，覺有道理，便密召榮祿商議。

時袁世凱亦在榮祿跟前，極不主張廢立的事。所以太后與榮祿，到這時只要立儲，再不主行廢立的事。太后復向榮祿問道：「便是立儲一事，你道京中大臣還有人阻撓沒有呢？」榮祿道：「除了李鴻章，料沒有一個敢說別話的了。故不如把李鴻章先遣開，離去北京。因他是個老臣，怕他要來力爭，我們也難處置。那時責他又不好，不責他又不好呢！且北京裡頭，不知皇上有與人函通訊息沒有，怕再有像康無謂的人，搖東擺西，怕又要鬧出個亂子來了。故這件事，總要細心打算才好。」

太后聽得，也點頭稱是。次日，便令李鴻章做個商務大臣，出京查辦商務。一面又發道諭旨，託為皇帝所說，稱病重，要行立嗣，為承繼大統之計。正是：

誤通逆黨言新政，致立端藩失大權。

要知後事如何，且聽下回分解。

第八回　附端王積仇騰謗語　發伊犁送友論交情

話說當日太后定了立儲的主意。朝中各臣倒是畏懼太后的，也沒有一個反對。就託為皇上有病，未有儲貳，乃立端王之子傅儀為大阿哥，這等說，那一個不知得這道諭旨，出諸太后之手，只作為皇上口氣呢！但那時皇帝不是個有能幹的人，所有朝臣統通是太后的心腹。只有四朝元老的李鴻章，也託稱派他為商務大臣離京去了。餘外那一個敢說個「不」字。因此端王的兒子，就安然做了個大阿哥。

自此，端王也感激榮祿不已。他一面又巴結太后，好逐漸攬權。那榮祿猶不自知，只見端王待自己很好，就當端王是個好人，反自以為擁立有功，心中竊喜。那一日對著袁世凱說及立大阿哥一事，袁世凱道：「這等大事，卑職本不合發言，但蒙恩相見愛，在這裡又只說句私話，也不算什麼公事，故卑職敢貢一言。以卑職愚見，恐這件事也不太妥當。」榮祿道：「以老兄所見，料這件事究竟怎樣？」袁世凱道：「皇上猶在壯年，設他日或有皇子，自然費一番調處。縱或不然，那端王嗎，只怕不是個好相識的。」榮祿道：「你從那裡見得？」袁世凱道：「卑職素聞端王志大言大，且好結交黨羽。現在朝中，是他心腹的也不少了。這樣不是甘居人下的人。唯他近來見到中堂何等恭順，可知其心盡有點非望的了。」榮祿道：「你的話也說得是。但他縱懷非望，現已得自己兒子做了大阿哥，可就心足，還有什麼非望呢？」

袁世凱道：「不是這樣說，但凡一個人，若是有非望的，沒論做到什麼地位，盡是得隴望蜀，得寸思尺的。他未得兒子立作大阿哥時，也陰納黨羽，何況今日。且看他為人面肉橫生，聲若狼虎，料他不久也得大權，到這時總要鬧出個亂子。還有一件，是中堂要想想的，他既是不甘居人下的，因何對著中堂獨要恭順？可見他的意思，不過現下他要靠中堂點子力罷了。」

榮祿聽罷。只是低頭一想，覺袁世凱之言很有道理，因此不免有些悔意。原來榮祿平生最信袁世凱，亦見袁世凱有點能耐，也很輸服他，故此時聽得袁世凱的活，不得不信。卻道：「你言很是。但何不早言之，今已不及了。」袁世凱道：「中堂差了，古人說得好：位卑言高，實自取罪。李丞相且說不來，何況卑職！今因中堂說及，是以敢讀一言。若不是中堂提起時，卑職也不敢說了。」榮祿聽罷，自覺事已弄成，實無可如何，唯有搖首不答。袁世凱便行退出。

不想端王自得兒子立為大阿哥之後，京中各大臣，倒道他不久是要做太上皇的，那個不欲靠他門下，好為將來之計？凡獻殷勤拍馬屁的，也不能勝說。故袁世凱與榮祿所說的話，早有人報知端王。端王聽得，心中大怒，正要逐去袁世凱，猛想起：「那姓袁的是榮祿心坎上的第一人，若要奈何他，只怕榮祿要替他出頭。那榮祿既是太后內佳，太后必然幫助榮祿，反不喜歡自己，這卻使不得。」正自尋思，忽報大學士徐桐及協辦大學士兵部尚書剛毅到來拜見。端王接進裡面坐下。

原來徐、剛二人，自從立了大阿哥之後，沒一天不到端王府裡坐談。當時徐、剛二人見端王有些怒容，便問道：「王爺似有不豫之色，究竟為著何事呢？」端王道：「不消說了。那袁世凱，是甲午之時殺不盡的人，仗著榮祿看上他，他就恃著一個侍郎銜，練過兩營兵，就要說我的壞話了。你道可惡不可惡呢？」剛毅先答道：「這還了得！他只是個侍郎銜，就要小覷了王爺，倘若是他官位更大了，怕要作反了。」剛毅說罷，還見徐桐吐出舌頭驚起來說道：「剛中堂的話真說得不錯。但那姓袁的為人，是老夫最知得的。他今日得了侍郎銜，實怪不得他這樣恃勢，因他做道臺時，已看不起老夫了。」剛毅急問其故，徐桐道：「他從前得李中堂看上了，派往朝鮮去。他進京時，老夫在翁同龢那裡，與他同席。他總說外人有什麼鐵甲，有什麼機器，來哄騙老夫。老夫聽不過，也教訓他幾句。他竟然搶白老夫，總令老大過不去，還成個什麼下屬的樣子！所以那翁同龢總識不得好人的了。」剛毅道：「不差。他做道員，就看不上尚書宰相，他做侍郎銜，就看不上王爺；若做到總督，定然看不上皇帝了。但不知他怎樣說起王爺的壞話呢？」

端王聽了徐、剛二人之言，已如火上加油，這時卻道：「是北洋一個人寄函前來說知，他卻在榮祿跟前說的。」一頭說，一頭拿了那封信出來，交給剛毅，並道：「你看看罷。」原來剛毅並不識字的，接了那封信看一會，差不多要面紅起來，但又不好說不識字，只將原函轉遞給徐桐，并說道：「函內字樣太過細小，老夫不曾帶上眼鏡子，總看不清楚。你看罷。」不提防那徐桐亦是不大識字的，他不知憑那點工夫點了一名翰林，充過幾任總裁主考，都是之乎者也鬧過了。故當下接了那封書，看來看去，總看不了完。暗忖：「自己是翰林出身，如何好說不識的話？況說出來又要被王爺小覷自己了。可恨剛毅太狡，只說不曾帶上眼鏡，就把這個難題推在自己身上。」想來想去，有什麼法子可說？猛然想了一計，即道：「這函內所說的，老夫不忍說出了，實在冒犯王爺得很。虧他受朝廷厚恩，要說王爺這些壞話，還算得是人麼！」

端王聽了，憤然道：「若不警戒他，將來盡礙我們的事。叵耐榮祿苦苦要賞識他。故去他也不容易。總望兩位留心，看看他若有什麼差錯，盡要擺布他的。」剛毅道：「他為告發了康無謂這宗案情，本是大大的功勞，該要提拔的。只是老袁這人。總不把我們看在眼內，實在可惡！故這時因他告發大案的功勞，不能在老佛爺跟前說他壞處。唯有先阻他的升階，再慢慢擺布便是。」說了，端王、徐桐皆以為是。故袁世凱當時告發逆謀，實是太后再復聽政。總不能升調，榮祿力保了幾番，都為端王所阻。

那一日，有個山東巡撫缺出，這山東省正毗鄰直隸，本可以東撫兼練北洋軍兵，實最合調袁世凱去的。那榮祿先到軍機處，見了各樞臣，要保袁世凱。那剛毅卻道：「中堂受北洋重任，現在正練兵的時候，除了袁世凱，實沒一人用得著的。今練軍還未成就，若只令老袁在東撫兼顧，就不能專一了。老袁不過四十歲的人，不患沒升官的時候。不如待他專意練好了陸軍，顧緊京畿門戶，然後再升罷。」榮祿聽了，覺剛毅的話，明明是阻撓，反長篇大論，故意說袁世凱的好處，來弄光面，實在可恨。但自己畢竟是外任總督，不能干涉軍機的許可權，沒奈何辭了出來，往見太后，力保袁世凱可任山東巡撫。太后已經應允。

榮祿以為端王、剛毅兩人總拗不過太后。不想那日太后召見剛毅，問他袁世凱為人怎樣，剛毅就知此話有因。但要討端王意思，總不宜放他巡撫，便力言袁世凱的好處，一面又言北洋練兵緊要，不能少他一人。那太后又問練兵一差，能否令他到任兼顧。剛毅卻奏道：「若練兵已有頭緒的，自能兼顧得來，但今時方開始練兵，就不能不專一了。」太后深以為然。

剛毅退出，好不得意。大凡阻人進用的，若只說那人的短處，其術還淺；若從他好處說起，卻在暗中阻撓，這等狡汁，沒有不能售去的。所以當時太后就著了剛毅的道兒。畢竟那袁世凱升巡撫的官運要阻遲了兩年。又該山東直隸地方要弄出件天大的風潮，要生民塗炭的，就被剛毅輕輕瞞過太后，阻住袁世凱；卻提出一個私人，去撫山東。

故自從召見之後，即往見端王道：「榮祿在太后跟前，保老袁那廝要任山東巡撫。還虧門生是會說句話的，才阻止了。」

剛毅一頭說，又將太后如何詢問，自己如何對答，一一說出來。

又道：「王爺試想，直隸山東逼近京師，若不用我滿洲心腹的人，那裡靠得住？所以皇上總不曉事，被逆黨瞞過了，只說滿漢平等的話。你道什麼〔平〕等呢？難道要把我家皇帝的大位，還要給漢人輪流做做麼！況我滿洲人總不及漢族的人多。若是滿漢真正平等了，怕漢人強，就滿人亡的了。所以東撫這任，總不能放袁世凱的。」端王聽罷，好不歡喜。

次日，剛毅即圈出一個滿族心腹人，喚做毓賢的，可任山東巡撫，太后即照所請。原來那毓賢先曾任過山東曹州知府，仗著忍心好殺，動說剿除會黨有功，就一帆風直升到藩司地位。

最近又拜在剛毅門下，放這會超升了他，做個巡撫。自這命一下，榮祿看了，好不詫異，即喚袁世凱上來說道：「老夫曾一力保薦你了，太后早已應允。不知你與那老剛有什麼過不去，他偏偏改用毓賢。你直這般蹇滯，可就沒法了。」袁世凱道：

「兄弟與老剛有什麼過不去？不過兄弟多口，觸怒端王，那剛毅是要向端王討臉面的，所以把兄弟阻撓。但兄弟細想起來，縱然得任東撫，自問不為軍機裡頭喜歡，也不免吹毛求疵，搆陷兄弟的。古人說得好：塞翁失馬，不知誰禍誰福。既蒙中堂提拔，盡有機會呢？」榮祿聽罷，亦以為是。自此仍令袁世凱在北洋練兵。唯榮祿待袁世凱日加優厚了。這且按下不表。

且說侍郎張蔭桓自從經過一場黨獄，用去三十萬金，博得徐桐奏復時有「似非康黨」四個字，免過了一時。只是心中仍天天悚懼，故一切事情，還小心翼翼。唯是他有三十萬巴結徐桐，那些窮鬼京官，見他有這般財力，總不免眼紅眼熱，因此又不免為人所嫉。偏又合當有事，他的兒子卻與榮祿的兒子為爭贖一個男妓，起了酸風。因榮公子爭不到手，被人落手搶先攜贖去了，好不憤怒，總不免遷怒張蔭桓，就在榮祿跟前搬演是非。那張蔭桓亦是有心計的人，自免禍之後，早送些禮款，與榮祿拜了把。奈總敵不過榮公子天天在榮祿跟前皆他短處。

那些要奉承榮公子的，都隨風所向，說張蔭桓是康黨，不過被他瞞過一時而已。榮祿初時猶在半信半疑之間，及後北洋幕府中人，更說張蔭桓每說誇大之言，說榮中堂明知他是康黨，不過外交需人，不得不用他。這樣說，好像沒了他，就沒一人懂得交涉的。左訕右謗，弄得榮祿不得不怒，就立刻奏參張蔭桓革職，聽候查辦。這時榮祿盛怒之下，沒一個敢替張蔭桓說話。又不免有些落井下石之徒，紛紛遞折，好證成他的罪案。

至於由兩榜出身的人，往往十年不遷一階，看見張蔭桓以吏員出身，做到這個地位，總要眼紅眼熱，又來遞折，要幫同推倒張蔭桓，才得安樂。故張蔭桓在獄裡，差不多要定個死罪。張蔭桓自知無法，想起袁世凱這個人，是他做道員時也與他論交的，他又是榮祿跟前最能說話的人，就託家人往尋袁世凱，求他在榮祿之前，替自己說項。

只是袁世凱暗忖：「這案是榮公子弄來的，自己若替他說時，必失榮公於之意，於自己前程著實不便。」但一來唸著蔭桓交情，一來此案不應辦得這般重。唯有先見榮祿，看他意思如何，方好進語。那日便叩見榮祿。相見時，只先說些閒話，唯榮祿已先說起張蔭桓一案，袁世凱乘機答道：「張蔭桓與康無謂本是個同鄉，也不免有點嫌疑。但細想起來，他沒有什麼要靠那姓康的，恐未必黨於康逆。只是他做事向不大檢點，也就可惜了。」榮祿聽了，也不答，只點點頭。

袁世凱辭出來，一面暗使人報知張蔭桓，只道可替蔭桓解釋。不想參劾蔭桓的多，讒言又眾，榮祿沒奈何，只免了蔭桓的死罪，仍發往新疆，交地方官看管。及蔭桓出發那一天，總沒一個同僚敢到車站相送。那袁世凱總自問不過，因救他不來，他今日充發，也不能詐做不知，便趕至車站，見了張蔭桓，少不免慰藉一番，力把自己在榮相跟前說的話，細訴一遍，並道：「不是兄弟不說，總是榮中堂盛怒之下，總說不來罷了。」

張蔭桓道：「兄弟怎敢怪老兄，只是運命不濟，該受這劫。不致作斷頭之鬼，已是萬幸。」隨又嘆道：「不想做官數十年，乃有今日。」說罷，觸起前情，也灑出幾點老淚。袁世凱道：「老兄只管放心前去，待榮相怒氣一過，兄弟必乘一點機會，替老兄說情，包管沒事的。」張蔭桓不勝感激。大家談了一會，袁世凱復極力慰藉，然後握手珍重而別。正是：

自古人情多冷暖，從來仕路易榮枯。

要知後事如何，且聽下回分解。

第九回　蓄異志南省括資財　勘參案上房通賄賂

話說張蔭桓發往軍臺之後，袁世凱也以知交在前，不能拯救蔭桓為憾，只道私送一程，也表自己深意。不想端王仇恨張蔭桓，較諸榮祿尤甚。你道什麼原故？因榮祿仇恨蔭桓，不過一時之氣；若是端王，更暗中鼓舞，實欲惜榮祿的手要殺他。聽得袁世凱替張蔭桓向榮祿處說情及往車站送行一事，心中直怒不可遏。原來端王平日最仇恨西人，大凡說到「西法」兩字，已如眼中釘刺。自康無謂鬧出這件案情之後，引得京中紅頂白鬚之徒，也有個顛顛倒倒的，因此越加仇恨。

湊著那張蔭桓是天天講外交的人，更觸端王之忌，那日把蔭桓充發，方恨不能把來殺了！忽然聽得袁世凱替他說項，又送他行程，如何不惱？便請那剛毅到府上商議道：「孤自從得兒子立作大阿哥，本不久要做太上皇的，你道京中官僚，那一個不畏忌？那張蔭桓，是與康無謂同一路走，正是死有餘辜。偏那不識好歹的袁世凱，還與他說情免死，實在可惡。孤要奈何袁世凱，奈他在榮祿手上。那榮祿是太后的侄子，正在得權。孤若與榮祿相鬥，只怕觸怒太后，連我兒大阿哥的地位也不穩。你道有什麼法子呢？」

剛毅道：「這話很難說。想在下前者召見之時，因太后要升遷袁世凱，在下恐失太后之意，故不敢說他壞話，只稱袁世凱是好的，奈北洋用人緊要，不宜他調。這等話實是陽為讚頌，陰為阻撓，故太后易於中計。若說到榮祿的壞話，自古道：疏不間親，卑言不高。在下固無此力量，就是勉強說來，反露出破綻，於事有礙。王爺總要見諒才好。」

端王道：「俺的兒子雖然是大阿哥，將來盡要登位的，但俺自下只望早一點於執權。今不能奈何一個袁世凱，可就難了。」

剛毅道：「我們做事盡要順著老太后，才易得手。你看六十五六歲的人，差不多像風前之燭，到太后歿時，卻再商議。」

端王道：「我的兒子不是太后歿了就做皇帝的。盡待皇上百年之後，這時俺也老了，留落兒子，也不知別人如何擺弄。怕將來被袁世凱那廝得權，他目中還有我麼？」剛毅道：「不是奈何袁世凱不得，但俗語說得好：不著僧面著佛面。只為榮祿還在，若有什麼爭執起來，總令色太后過不去。到那時，怕反把我們的事弄壞了。王爺不可不計較。」端王道：「老剛，你也說得是。但榮祿目下已與俺有些意見，怕在太后跟前擺弄起來，連俺兒子一個大阿哥的地位還站不住呢。故目下總要想點法子才好。」剛毅聽了，翹首搔耳，半晌才道：「這等法子。也不容易。」

端王道：「我素知你是有人奉頌的。又沒什麼人旁竊聽，沒論什麼話，只管說就是了。」剛毅到這時，已深知端王的心事，即道：「除非是自行大志才使得。但目下洋人最可惡的，只怕朝裡有點事，就要來干涉了。盡要尋一個下馬威，給外人看了，知得我們厲害，那時還有那一個敢說別話呢。只是王爺秉政未久，恩威未布，且連年賠款去得多，所以庫款又困，實不能行得大事。現門下只想得一個計較在此，不知王爺願聞否？」端王道：「那有不願聞的道理？快些說，快些說！」

剛毅道：「門下正管戶部尚書，綜理財政。請王爺設法，以稽查各省財政為名，令派門下往東南各省調查財政，好提多些款項入京。到各省時，一面又宣布王爺德意，兼探各疆臣意見。到京時定有把握。」

端王聽罷，鼓掌大笑道：「孤不是識錯人的，早知你老是個有本領的人。這個計較，足見多謀足智。就照此行事便是。孤明日即奏保你老前往，想你老必不辱命。若得成功，定有重報。」剛毅又道：「這件事，只合門下與王爺得知，千萬不要對別人說起。」端王道：「這個何消說得。」說罷，又談論一會，剛毅方才辭去。

次日，端王即到軍機入值，稱說年來自中東戰後，財政困難，須派員往東南殷富各省調查財政，所有羨餘及陋規與一切盈餘款項，須涓滴歸公。這等語，當下朝家聽得，亦以此說為然，便問派那一人前往才合。端王道：「財政殷富，莫如東南各省。欲往該各省等處調查，唯剛毅最為合式。」朝家此時以剛毅是戶部尚書，調查財政是其責任。但他以協辦大學士方在軍機，事務亦繁，便以此意與端王商酌，要在戶部中另挑選一人前往。端王恐派了別人，不似剛毅是自己心腹人較為得力，便道：「此行不過三數月便可回京，原不礙事。且剛毅曾任江蘇巡撫，又署過兩江總督，又任過廣東巡撫，故東南各省情形，唯剛毅最合。若改派別人，怕不像他認真。」朝家以端王所言確有道理，便立發了一道諭旨，著剛毅前去。那剛毅接得此諭，立即與端王商妥，然後請訓起程而去。

慢表剛毅起程之事。且說榮祿自從與端王有些意見，故凡端王一舉一動，無不留心。這會聽得派剛毅南下，即請袁世凱到來，問端王派剛毅南下，是何用意。袁世凱道：「卑職料端王此舉必有所謀，只目下究難揣測，但總不外要盡收財政大權，握在自己手上，是無疑了。須待他到了各省，提得財政若干回京，那提回的財政，又如何安置，便知分曉。」榮祿道：「他此行必經天津，我們如何招待他才好？」袁世凱道：「這自然要不動聲色，極意歡迎，以安其心。若他提款回京時，料端王必有舉動。到這時，不可不防。」

那日，剛毅已到天津，榮祿與袁世凱只循例款宴，外面備極歡迎，也不根究剛毅調查財政的用意。剛毅亦不說出，在天津過了一夜，即乘輪南下。已抵蘇州，這時東南各省官場，聽得剛毅奉命調查財政，已打一個寒噤。因當日太平無事，凡管理財政中人，或未經奏報，由大吏開銷去了，或由經手人中飽虧空去了。故剛毅一到，正如喪家之狗，各自打算。所以各衙庫局所的司道人員，倒與上司商酌，今日由那處請宴，明日由這處請宴，紛紛向剛毅奔走。

那剛毅總不知道各員用心，只道：「大小各官，倒是承順自己，將來有什麼大事，不怕他不是自己心腹。可見此行不負端王所託了。」還是他有一個隨員，喚做式鈞，畢竟乖覺的人，早覷出他們的意。即與蘇州各衙署局所的人員相會，倒說道：「剛中堂此次南來，實承端王爺之意。因北京裡頭，是要辦理一切改革的事，正需款項使用，你們總不可違他的意。且你們須自問財政帳目何如，若出察時有點不方便，不如先允提若干，交剛中堂帶回京去。且兄弟盡可在剛中堂面前替你們說項說項。」各員聽了，無不歡喜。因自忖：「無論提去若干給剛毅，還是把一筆數作正開銷，何苦計較，也免他將借調查財政之名，苦來盤詰。」便一面拿些款項，向他隨員打過手眼，又拿一筆大大的款，暗中給了剛毅作為孝敬。然後當面與剛毅商量，在那一局提若干萬，在那一所提若干萬。在江蘇一省，差不多要提去三四百萬不等。

剛毅這時，一來自己得了好意，二來他那位隨員，又得各官饋送，天天在剛毅面前，說蘇州官員能知得王爺與中堂的德意，未經查察已先肯報效，總不可過於挑剔，免失他們的好意。

剛毅就順水推船，答了幾聲「是」。所以到了蘇省，實沒什麼調查，只不過循行故事，挖了幾百萬，剛毅與隨員，又各得有好意，便隨便了事。

自查過蘇州之後，隨後到了江寧。時正任兩江總督的，正是劉坤一。那剛毅早知得劉坤一這人不是好惹的，因忖：「從前端王謀立自己兒子做皇帝，已得太后允肯。後來太后打了兩封電報，詢問江督劉坤一及鄂督張之洞。那張之洞也不敢復答，偏是劉坤一有電阻止，因此謀立不得，隻立了作為大阿哥。今這會自己到來，要搜提款項入京，名是調查財政，實由端王主意，怕劉坤一知道時，一定要阻撓自己的了。」故剛毅懷了這個念頭，自到了江寧，也不敢像到蘇州時的趾高氣揚。那劉坤一亦知其意，自聽得剛毅南下，已先令屬員清查款項一遍，把帳目算妥了，待剛毅到了，即稱江寧款項，雖有些盈餘，但種種建設，正待支銷，也不容易提得。剛毅這時亦不敢勉強，只在劉坤一面前力言京中庫款奇窮，盡要體諒時艱才好。劉坤一亦覺不好過於抵抗，只略略應酬些少。唯剛毅自念：「一到蘇州，公款已提得數百萬，便是自己私囊也所得不少，料知端王得報，十分歡喜。唯到江寧，獨搜提無多，卻不好報告。」滿意望到了湖北，好像到江蘇時一般，提得一宗大大的款項，然後一併報告端王。

果然那日到了武昌，鄂督張之洞即率屬員迎接。早備下館舍為剛毅暫住。即晚又準備筵席，款宴剛毅。座中都是鄂省大員，如藩臬、學政之類。統計各座中人，都是科舉出身的，自然談經說史。湊著那張之洞又是及第中人，凡國粹舊學，引經據典，差不多認為第二不準他人認第一的。各員都趨風氣，說得興高采烈。偏是剛毅是個絕不懂得文字的人，任各人談吐出風入雅，總不能答一句話，只像含枚一般，也十分厭煩。正要伸一肚子氣，忽省起張之洞從前有致李鴻章一書，中有一語，說是「名馳八表」。這句話，京中也成了話柄。便故意在身上拿出一個金錶來看，說道：「時不早了，已八點了。」說著，又問張之洞道：「令兄張子青相國，曾在朝房拿出一個金錶來看，昆相國曾向令兄說道：『你老哥只有一表，還不及令弟有八表呢！』這樣說，究竟老兄真有八表否呢？」

張之洞聽了，面紅起來。正要解釋「八表」的字意，忽想起：「剛毅說這些話，分明欲搶白自己的。但自己並不曾開罪於他。」一頭想，已見同座中人，都使個眼色，張之洞就省起剛毅是並不知書的，一般人只談經史，料他不喜歡。但若不答他，似又自己被他難倒，只得略說一句道：「『八表』二字，不是小弟創說的，古人曾有詩，說是『八表文同軌』。不過昆中堂少讀一點中國書罷了。」剛毅聽了，更不好意思，又不能再答得出。同座中以剛毅既不通文理，恐越說越不好看，就有各人說別的話解開了。或說京中有什麼新聞，或問他南巡各矢時方能回京，再不敢咬文嚼字。張之洞亦防令剛毅過不去，只是交杯接盞，到夜深而別。

自此剛毅心上很不舒服，誓要認真盤潔湖北財政。這時張之洞正因籌練新軍及辦理漢陽鐵廠，又興創織布局種種開銷已虧款甚巨，卻未經奏報的。因此也十分恐懼，只令屬員前往拜見剛毅，探他的意思。那時一班局所總會辦，倒防剛毅入京時參刻，也不免紛紛巴結，互相饋送。剛毅因此反得了一注大財，才把清查各局的念頭放下了些。張之洞又打聽得剛毅是最好古玩的，便覓一件玩器送他。你道是什麼玩器？卻是唐太宗御用八個磁碟，可能疊成八層的，分開又可將八個碟子擺列，疊起時，下層卻有一個小爐。遇著寒冬時候，下層燃些炭火，自能使碟上的菜品常常滾熱，又不使炭煙發出，每值炭火熾時，碟上現出紅綠色澤來，十分炫目。這件美器，只道送到剛毅那裡一定喜歡，不想那剛毅是絕不識古玩的。他不過既不能說文，又不能說武，怕被人小覷自己，便混充作是一個識古玩的人。

天天論彝鼎，談金石，好撐架子，附庸於風雅裡頭。不知他因為要充作識古玩的人，已被多少人騙了錢鈔。凡是他的跟人門子，倒串同賣古董的人，天天撒謊來捉弄他。所以剛毅為著「古玩」兩字，已掉了二三十萬銀子了。故這時見了張之洞所送的磁碟，直不知是什麼東西，一見了即說道：「這不是什麼寶貝，近來江西一帶所出的磁器，像這樣子的何止千萬件呢！這不過是新窯造出，好欺弄人，如何瞞得我。」說了，卻令跟人道：「拿去賣掉下罷了。」那跟人心中竊喜，急取了出來，次日拿去尋那真正識玩器的人賣了，也得五千銀子，剛毅如何知得。張之洞聽著，也付諸一笑。還虧各局所的人員，倒結上了剛毅的人情。剛毅亦不再查，只在湖北各局，硬提了三二百萬不等。然後起程，回至江蘇，取道望廣東而來。

第九回　蓄異志南省括資財　勘參案上房通賄賂

這時任粵督的，正是譚鍾麟，本與剛毅有點子交情的，所議搜提各款，自不用勉強。因為前因剛毅南下，所到各省，都是志在蒐括款項，唯到廣東，卻又兼查辦一件案情的。因為前任粵省藩司岑春暄，曾具折竭力參劾道員王存烈，故令剛毅順便查辦這案。及剛毅到時，先在八旗會館住下，要清理此案。

原來王存烈當日在廣東，最是個天字第一號的紅員，如善後局，如補抽釐局等，那一處不有他的差使呢。所以在粵十數年，自候補同知，一直補到道員，積資不下數百萬。每夜在楚館秦樓，花船柳舫沒一個不識得王大人的名字。在花舫上，與一個紳士秀才老爹喚做賽霸道的，因爭妓鬧出一件官司，險些被那賽霸道推落水中溺死去了。他那時為著自己是做官的人，此事恐被上司知道，也不敢聲張。後來他所眷的妓，又被賽霸道奪了，就慫恿鴇母，鬧出官司，竟把那賽霸道一名秀才老爹革了。他仗著是一個紅員，雖是離衙鬧娼，也不能動彈他，因為他是譚鍾麟的知己，誰敢道他一個「不」字？被岑春暄痛參之後，才順便派剛毅查辦。

那時剛毅聽得他已有數百萬家資，便不動聲色，要訪他的痛腳。後聽得人說：「在王存烈公館附近有一個馬二姑，是與王存烈有點首尾的人。那馬二姑專一包攬巨案，勒索重賄，求王存烈打點。至於所得重賄，三七二八，什麼除頭，局外人那裡曉得！」那剛毅暗忖：「拿著馬二姑勘問，不怕真情不出。那時，又不怕王存烈不來說項。」便發一個下馬威，派人拿了馬二姑到來，留在八旗會館內。正如天雷霹靂一樣，這時各人方知道為查辦王存烈參案一事。

因剛毅初到時，絕不曾提過王存烈一案，及見馬二姑被拿之後，不特王存烈吃驚，便是譚鍾麟也有不樂。因岑春暄參折內，也稱王存烈與譚鍾麟是狼狽為好的，那譚鍾麟如何不驚？

故王存烈即飛奔往謁譚鍾麟，求他設法。一面又託人要關照馬二姑的口供。不知剛毅自拿了馬二姑，只因在一處看管，許久也不訊問，只候王存烈到來關說。王存烈也知得剛毅用意，不得不略用金錢，自行打點。正是：

豈必千秋垂竹帛，但求黃夜進苞苴。

要知後事如何，且聽下回分解。

第九回　蓄異志南省括資財　勘參案上房通賄賂

第十回　墮慾海相國入迷途　剿團黨撫臣陳左道

話說剛毅因查辦王存烈一案，拘拿了馬二姑，連日也不曾訊問。那馬二姑又賄人通訊息給王存烈知道，使他打點。王存烈此時也慌了手腳，急的籌備金錢，好打點此事，一面拜託譚鍾麟，替他說項。原來剛毅本欲先拘王存烈，後奏參革職歸案辦理；但念拘了王存烈，怕沒人替王存烈打點，就不能弄得錢財到手。故此開放一線給王存烈，料他必求譚鍾麟關說。

果然不出剛毅所料，那譚鍾麟見得此事實與自己大有關係，因王存烈所得贓款，沒一事不與譚鍾麟有首尾的。譚鍾麟因見王存烈到來請託，自樂得替他斡旋。且岑春暄又並參了自己，不知剛毅查辦，有牽涉自己沒有。不如借王存烈私財，滿了剛毅之願，於自己亦有方便。

那日便往拜會剛毅，替王存烈說情。先說王存烈如何好處，並說他仰望剛毅，願拜他門下。剛毅道：「我也知他很好，但他是一個富員，老夫如何扳得上？」譚鍾麟道：「王存烈這人也沒什麼不是，只是多了幾塊銀。歷任大員沒一個不向他借款，他又不善巴結，所以因借不遂，就得人妒忌。此次被參，亦有些原故。」剛毅道：「他被參究因什麼原故呢？」

譚鍾麟道：「自袁世凱發洩黨人一案，岑某本有牽涉，故要籌些款項，到京打點，就向王存烈示意。不想王存烈是不大喜歡他，也道：『本來錢財是不必計較的，但岑某是個黨人，我也不著助他。』故此不能應岑某的手，至弄出此案。今他特託老夫向中堂說項。中堂試想，若他是不妥當的人，老夫也不替他說了。」

剛毅聽了，早知他意，即乘勢說道：「你們做外官的，弄點錢還易。若是老夫在京就難了。現老夫正因點事，也欠一二百萬金，總弄不轉來呢。」譚鍾麟道：「中堂既有這點事，就與王存烈一商，沒有不妥的。」剛毅道：「老夫忝為欽派查辦事件的大臣，又是初到此間，與王道沒什麼交情，怎能說得這等說話。」譚鍾麟道：「待老夫傳知王道便是，不勞中堂費心。老夫自有主意了。」說罷辭去。

譚鍾麟一面傳王存烈到衙，告知此事，即著王存烈備下一百萬銀子，送給剛毅，暗中遞了一個門生帖，都由譚鍾麟居間過付。剛毅好不歡喜，即對譚鍾麟道：「老夫承王道厚禮，實為感激。但岑某所參，王道情節甚重，老夫過為彌縫，反恐不妙。一來保不得岑某不再參他，二來怕北洋知道，更有不妙。因老夫與端王爺所辦事情，每為北洋大臣注眼，故盡要防著他。是以對於這會王道參案，不得不略加處分，好掩人耳目。從中避重就輕，老夫盡有法子。待老夫回京後，見了端王，說王道是我們心腹，不怕王爺不喜歡。那時尋點法子，也不特不難開復，恐還要升官。總望轉致王道，叫他安心便是。」

譚鍾麟道：「王道被參情節，大半似是而非。中堂若有意時，也不難替他洗刷。但中堂既有這般為難，任由中堂主意便是。」說了，又道：「現王道還欲過來拜謁中堂，不知中堂願意否？」

剛毅道：「這可不必。因老夫是奉命查辦他的參案，若他先到來與老夫相會，更礙人耳目。斷斷不可，彼此心知就罷了。」譚鍾麟便不再說話，只得辭去了。

王存烈自得剛毅為金錢所動，過付了那一口萬金之後，以為無事，更望剛毅回京後，可以升官。那日即到譚鍾麟衙中聽候訊息。忽聞譚鍾麟說出剛毅雖然心照，外面仍要有些處分，也滿心不悅。暗忖：「自己舍了大宗錢財，只望沒事，向岑春暄爭點氣。今這樣，雖後來得他照應，但早吃了眼前的虧。」

只是目前已沒得可說，只是不敢再語。譚鍾麟早知他的意思，唯有安慰一會。王存烈回去，心中仍不安樂，滿意只望保全無事，以為被參，料不至斬首，留回多一百萬金，便是革了官職也不妨。今鉅款已經過付，仍不免處分，只是悔之不及。唯有使人通知馬二姑，使不必驚心。

果然剛毅得了王存烈好意，便將馬二姑提出，略略訊問幾句。那時馬二姑一來得了王存烈訊息，二來又見剛毅訊問時似沒緊沒要，便侃侃而談，又復裝起半老徐娘的舉動，半嬌半痴。

剛毅看了，倒覺有趣，只捻著兩撇鬍於笑了笑，便稱沒事，把二姑放了。即將王存烈參案具復，道是什麼：「事出有因，查無實據。但人言嘖嘖，未必無因。特請如何從輕發落，以示薄懲」這等語，就了結此巨案。在剛毅受了王存烈之款，本欲後日替他設法開復，不想後來剛毅回京，鬧出天大的事，致首領不保。王存烈就枉擲了百萬多金，此是後話不表。

且說剛毅既了結了王存烈一案，想起此次南下，志在籌款，便向譚鍾麟商議，以京中庫款奇窮，看那處局所有盈餘的，要提些款項入京，以濟要需。那時譚鍾麟因自己被岑某所參，正靠剛毅彌縫，自不敢卻剛毅之意。況且所提的只是公款，也無損於自己私囊，任將來粵省庫款如何奇困，由得後來設法，唯目前慷公家之慨，以得剛毅歡心，亦何樂不為？便與剛毅酌妥，提了百來萬入京。那剛毅即報知端王，統計南遊各省，不下提了千來萬。自己私囊，又得了數百萬。即啟程回京而去。

有話即長，無話即短。那日回到了蘇州，由蘇撫早備下行臺，待剛毅住下。時剛毅以前在蘇州，曾往查過財政及提過款項，故這時只欲盤桓幾天，即行回京。無奈官場裡頭，那一個不欲升官發財，正要尋條路徑好扶搖直上。是以剛毅一到，也紛紛巴結。有巴結不上的，就向他隨從人結交，冀他在剛毅面前替自己說項。就中剛毅有一位跟人，喚做利次英，他在京時本是一個有名的兔子。在京中官場，那一個不好押優？剛毅就用了多少錢財，始帶了利次英回來，做個體己跟人。那利次英為人卻狡黠不過，當著剛毅面前，只是獻殷勤撒嬌痴，所以最得剛毅寵用，剛毅也最信他的說話。

時蘇州有位候補佐雜喚做趙應時，欲巴結剛毅。奈自己官卑職小，不能高扳，先用金錢結識了利次英，欲投剛毅的嗜好，冀得剛毅垂青。便與利次英商酌，謀供獻剛毅。利次英道：「錢財玉帛，是剛中堂最喜歡的，但此次南來，所得已不少。你老人家若要供應時，怕沒有許多錢鈔供應。某聞蘇州多絕色佳人，不如買一個獻他，較令中堂念念不忘。你老人家試想想，看此計可行否？」趙應時大喜，便請利次英向剛毅關說。趙應時便在上海購贖一妓，教以儀注周旋，即告知利次英。那利次英卻瞞著趙應時，託稱有密語，要指導該妓女。趙應時自無不允，即引利次英先與該妓相見。但見生得豔如西子，妖若夏姬。

利次英不勝之喜，暗向那妓女授意，密囑如此如此。一面又與趙應時商妥，認那妓女為妹子，取名趙繡屏。都與那妓女關說停妥，那妓女更喜出望外。

利次英卻回去向剛毅說道：「有佐雜趙應時，雖居末僚，實才情發越，每欲叩謁中堂，投拜門下，只以官小自慚，不敢啟口。小人昨到他公館一坐，見他有一妹子，喚做趙繡屏，確有沉魚落雁之容，閉月羞花之貌，屢經相者觀看芳容，都道他有大貴之徵。因此年已十八許，猶未字於人。今趙應時欲獻諸中堂，以充侍婢。想中堂一見，必以小人之言為不謬。」剛毅道：「他雖好意，只怕有些不便。因他是漢人，老夫是宗室，向有結婚之禁，奈何奈何？」利次英道：「不打緊，現在正準滿漢通婚，盡不妨事。縱中堂再以為慮，即令他悄悄送進來，自沒人知覺。不過以此女既有超群之貌，又有大貴之徵，除中堂以外，無人可以侍奉，故不宜交臂失之。」剛毅聽罷，心中竊喜。卻又道：「凡此等事，總要機密些才好。」

利次英道：「小的曉得，不勞中堂多囑。」說罷出來，即往見趙應時，告知事妥。又見過趙繡屏，再囑他依密計而行。

到了夜分，趙應時帶了趙繡屏，乘了兩頂轎子，直到剛毅寓裡。時在夜後，本非會客之時，剛毅又以趙應時將送妹子來到，所有一概應酬，概託病謝絕，專候趙繡屏到來。恰聞趙應時來到，即令利次英領趙繡屏而進。至於趙應時，即行擋駕，著他明日來見。時剛毅正在臥室眠著，只見趙繡屏進來，還未起身。那趙繡屏見了剛毅，即上前見禮，早領了利次英密計，於見禮時，故作驚倒。

剛毅不勝詫異，急問其故。時利次英已經退出，趙繡屏即答道：「險些兒令妾喪了魂魄，因見恩相床子後邊，隱有一條似蛇的，但蛇又沒有這般大，只見鱗爪活現，像要飛舞一般，霎時已不見了。」剛毅聽罷，猶半信半疑，即喚利次英進來，告以趙繡屏所語，問次英也曾見過否。利次英道：「小人向日侍奉恩相，每在夜裡恩相熟睡時，往往見有紅光發現，餘外卻沒有什麼見過。」剛毅道：「因何你許多時不曾說過出來？」

利次英道：「小人以此為祥異之徵，說將出來，恐動人思疑，故向不敢說出。今趙美人所說，若是巨蛇，便不能變化，且是霎時不見的，定是神龍出現無疑。唯獨露出趙美人的眼子裡，怪不得說趙美人有大貴之徵。若至恩相嗎，更貴不可言了。」

剛毅這時已信到十分，卻微微笑道：「老夫已為丞相，又是個樞密大臣，已貴不可言了。還更有什麼稀罕呢！」利次英道：「宰相之上，還更有尊貴的。天時人事，那裡料得到。」

剛毅聽罷，心中大喜，便囑道：「你們既有所見，千萬不可聲張。」說罷，利次英與趙繡屏一齊答了聲「是」。利次英即行退出。剛毅徐令趙繡屏坐下，並道：「老夫已聞老利說卿容貌超群，今見之，果然不錯。但方才卿所見的，除了現在三人，千萬不要再對人說。」趙繡屏道：「恩相囑咐，奴當得謹記。」

是夜趙繡屏就留宿於剛毅寓裡。次日剛毅謂趙繡屏道：「老夫他日當提拔令兄做個大官。日間當先對此間巡按說，要把令兄另眼相看，斷不負他雅意。」趙繡屏當即答謝。自此剛毅更留戀，也忘記回京一事。趙繡屏亦未有回去。

將近半月，剛毅連線端王電報，著即回京，此時覺不得不去，便與利次英商議。欲攜趙繡屏回京，覺不好看，因此次南下，系奉命清查各省財政，若忽然帶了個美女回京，成個什麼體統。但不帶回，又捨不得把個如花似月的美人拋撇，因此也向利次英問計。利次英道：「中堂若帶他回京，必須轉送端王殿下，方得端王歡心。但如此大貴的佳人，怎忍把他這樣看待？不如把他暫時留在滬上。待回京覆命後，各事停妥，然後著人來滬，悄悄帶他入京便是，反勝過目下攜著他進京，反礙人耳目。」剛毅深以為然。

利次英說罷，即又密告趙繡屏，使他如此如此。果然剛毅對著趙繡屏說出要遲些時方能帶他回去。那趙繡屏聽得，故作驚起來，說稱要即隨剛毅去，不肯獨留此間。剛毅道：「老夫並不是拋撇了你。不過以目前同去，反礙人眼目，故把卿暫留於此。不久也著人來取你了。」趙繡屏道：「妾身已得事貴人，斷不肯放過。恩相國事在身，怎能有暇到來取妾，是其拋撇妾也無疑了。妾自問並無失德，何故見棄？」說罷，不知從何得一副急淚，反哭起來。剛毅至此，即安慰一會，又解說一番，說稱不久必著人來取他，奈趙繡屏只是不信。

剛毅再覓利次英計議，利次英道：「他不過不信恩相日後來取他。便尋個令他見信的法子，不如留些錢財給他，好堅他心信，且又塞他的口，免他把恩相現出龍形的事，再對別人說。抑或更留一人陪著他，說是不久令他一同回京。這樣一來令他心信，二來又有人窺伺他，免他逃往別處。一舉兩得，豈不甚好。」剛毅聽罷，鼓掌稱善，便令利次英勸釋趙繡屏，並問他要若干銀子在手上，方能放心。

利次英即與趙繡屏商酌，繡屏自然聽從次英之意。好半晌，利次英方往復剛毅，先作半吞半吐的情狀。剛毅道：「究竟他有什麼意思？」利次英道：「他有兩說，第一是求中堂先把十萬銀子放下。」剛毅道：「因何要許多銀子呢？」

利次英道：「這都易事，因趙美人之意，不是拿這一萬銀子花用的，不過有這大筆銀子留下，亦表明中堂將來必要取他。到那時趙美人進京，橫豎這十萬銀子要帶回中堂府裡，早晚仍是中堂府裡之物。故中堂準可允他。且中堂現出龍形，既落在他眼子裡，又可買他的心，免至洩漏。故區區十萬銀子，可不必思疑。」說了，剛毅點頭稱道是。隨又問道：「第二件卻又怎樣？」利次英道：「第二件卻又難說了。」剛毅道：「什麼難說的話？你我不是別人，只管直說也不妨。」利次英道：「他仍恐中堂是個大富大貴的人，視十萬銀子如敝屣。因見小人跟隨中堂許久，已是中堂心裡的人，料捨不得小人，故他欲留小人陪著他。」

剛毅聽到這裡，想了想。利次英又道：「他以為中堂既不欲小人離夫，必要取小人回京，那時他便可隨著小人同行，不由中堂不要他。這個意思，不過是懼中堂遺棄他罷了。」

剛毅道：「據你的意思，卻又怎樣呢？」利次英道：「小人的愚見，若是中堂一到了京，即時要取趙美人及小人，小人自可應承。若太過久待，小人亦不肯留在這裡。」剛毅聽到這話，覺利次英甚為真心，便又說道：「婦人之見，真是過慮。老夫何苦要遺棄他？他既有這種痴心，老夫就依著他做去。你可體老夫的意，暫留在這裡。你不必思疑。老夫不久必令你兩人回去了。你在此間一來可安他的心，二來可防護他，免他有意外之事。」利次英此時心中已是竊喜，卻故說道：「中堂之意，小人何敢不依。但中堂若取我們回去，總不可過遲。」

剛毅連聲應諾，即定明日啟程入京，一面撥十萬銀子，交給趙繡屏的手，又囑咐利次英小心侍候，復安慰趙繡屏一番。

趙繡屏更撒嬌撒痴，哀囑剛毅不可遺棄自己，恩相前，恩相後，說了幾番，剛毅更為撫慰。一宿晚景過了，剛毅即啟程入京，各官都侍候送行。剛毅即囑趙繡屏不必送至門外，免被各官見了，不好意思；又囑咐自己啟程即遷回趙應時處暫住。利次英、趙繡屏都一一應允。繡屏又故灑幾點別淚。剛毅再三安慰，方行啟程。

自剛毅去後，利次英即與趙繡屏席捲剛毅遺下的財物，遷居別處，再不回京裡。時趙應時只道剛毅帶了趙繡屏回京而去。

及後剛毅不得利次英複音，唯有著人到蘇州尋趙應時，要領繡屏回去。趙應時這時吃了一驚，又不好直說出繡屏不是自己妹子。這時慌了手腳。唯有含糊答稱趙繡屏不曾回過自己屋裡，自把此意復過剛毅。剛毅聽得大憤，料知此事為利次英所賣，早帶了繡屏私奔，帶了自己十萬銀子過世，好不快活。又忖繡屏是趙應時的妹子，疑應時亦必知情。左思右想，如何不惱？

但此事實不可告人，總望有日再下南省，好尋個機會，把幾個賊男女殺了，方遂心頭之願。不知利次英兩人竟有點造化，不一年間，剛毅在京鬧出件天大的事，也至不得其死，利次英等遂得無事，好不僥倖。

你道剛毅鬧出什麼事呢？因剛毅久作端王的心腹，端王天天要謀登位，雖然自己兒子做了大阿哥，但恐自己一旦不在，無人覷看兒子，這個皇帝的位，終恐不穩。故天天與剛毅相謀，期求早一天登位，就有早一天好處。正在要尋個機會發作，偏那時山東省內又鬧出一件事。因有一個平民是義和團中人，與教民爭訟。那縣官不敢抗教民之意，就不免冤抑平民。以致人心不服。那些義和團就聚眾謀殺教民。

時那些教民見被殺的多，就走到京中，向該國公使來告訴。

少不免講起公法，就說山東巡撫容縱屬員戕害教士，也置之不理。因此，當日朝廷就將山東巡撫革職，著他來京候質。那時該山東巡撫的正是毓賢，因此次革職，仍恐回京後必遭重譴，急的往求剛毅設法。那剛毅又是與毓賢有個師生情分的，故當毓賢入京見剛毅之際，剛毅便謂毓賢道：「賢弟這會失官，實因洋人在總署相逼。實則朝廷並沒有革賢弟之意。今端王都是最惡洋人的，因王爺要行大事，只怕洋人來干涉。正要把個下馬威給洋人一看，好教洋人不敢正視我們。老夫且與賢弟同見端王，若得王爺一點子歡心，包管與賢弟吐氣。」說罷，毓賢大喜。

果然見了端王，毓賢便說洋人如何可惡，團黨如何奮勇。

喜得端王不亦樂乎，便一力保毓賢再任山西巡撫。自此義和團更為凶殘，因見毓賢被革，且能復官，可見洋人此後說話是不靈驗的，朝廷之意，又似幫助團黨無疑。因此逢著洋人便殺，弄得山東一省，真沒一處不有義和團。

這時就惱出袁世凱，看見這個情景，把各國洋人如此看待，料知後來各國不肯於休，必致弄出大禍。便向榮祿跟前，力言：「端王、剛毅保毓賢再任山西巡撫，必有異志；且此事已為各國所忌，又復縱容團黨，其患不少。」榮祿聽得，覺世凱之言十分有理。因直隸與山東鄰境，少不免要被他牽累。便入京叩謁太后，極力言：「毓賢得端、剛之意，縱容團黨，橫殺外人，毀滅公法，傷無害理。各國必不肯罷手。」說了，又言自毓賢縱亂之後，山東團黨十分凶橫。太后聽得，甚為動容，急與榮祿商酌。榮祿更保袁世凱任山東巡撫，又言袁世凱向被端王、剛毅阻撓，今番須出自獨斷。故太后直行下諭，以袁世凱補授山東巡撫。諭下之日，端、剛吃了一驚，已無可如何。後來袁世凱到任，把山東省內的團黨殺個不留，果不負榮祿所託。此是後話不提。正是：

可嘆朝臣容左道，全憑疆吏剿邪魔。

要知後事如何，且聽下回分解。

第十一回　立盟約疆臣抗偽命　獎殊勛撫帥授兼析

話說袁世凱既補了山東巡撫，早知義和團中人不是路，故盡地痛剿，不遺餘力。果然地方所有團黨，都畏袁世凱之威，盡逃出山東境外。遂至山西、直隸，延至北京，無地不是團黨麇聚。一來因毓賢任了山西巡撫，此是一個袒團排外的班首，故義和團中人更倚著他，在山西地方，更橫行無忌，因此團黨愈聚愈眾。端王知道毓賢是個自己心腹，一面令他撫慰團黨，收為己用；又忖直隸是北京門戶，不可不用個心腹人做總督，遂又在太后跟前，力說榮祿有才，方今時事多艱，宜留他在京，主持大計。太后覺此言有理，遂降旨令榮祿入京辦事，換過裕祿做北洋總督。

那裕祿又是看端王面色做人的，便與毓賢一般，贊團黨是義民，一力主張排外。是以義和團更弄出無法無天的事，天天把外人殘殺，凡焚燒搶掠，幾於無地不然，裕祿統置之不問。

單是山東地方，自袁世凱到任後，連一個團黨的影兒也沒有。

不特團黨中人含恨袁世凱，就是端王、剛毅兩人，覺直隸、山西兩省本與山東毗連，若山東巡撫亦是自己心腹，盡可令三省團黨融為一氣了。因端王、剛毅看著義和團是個有用的人。只道他不費國家財糧，不費國家器械，皆奮勇赴戰，若能結合他們，不愁他們不聽自己號令，將來愈聚愈眾，不啻百萬大兵。

這時不特謀取大位，外人不敢藉口，就是外人要開仗時，有團黨可用，一來人數既多，二來又是能弄法術的，怕還要把外人殺個片甲不留呢！端王、剛毅懷了這個天大的想頭，好像做夢一般，故一心一意要袒護團黨。今見袁世凱獨不與自己同情，偏把義和團欲殺個淨盡，心中甚憤，即欲革退袁世凱，屢在太后面前，訾袁世凱的短處。

唯榮祿恰可已經入京，一力替袁世凱周旋。榮祿便通知袁世凱，告以端王、剛毅黨同伐異，屢欲將他撤革。那袁世凱聽得，即把自己見地復告榮祿道：「自古斷無崇尚邪術能治國家的。今團黨自稱能弄法術，使刀槍不能傷，槍炮不能損，只能瞞得三歲孩童，焉能欺得智者。且看他們借扶清滅洋之名，專一殘害外人，實在有違公法，破壞國際，又復大傷人道。將來各國必要興師問罪，試問己國能對敵各國否呢？若不及早見機，必貽後來大禍。今端王、剛毅反信團黨可用，其中必有異謀，不得不要防他，免釀出大變。」這等語，榮祿聽了，覺袁世凱之言，真有至理，便把袁世凱復來的電文呈奏太后。時太后亦以袁世凱之言為是，但當時端王權勢太重，滿朝都是他的黨羽，況又當團黨驟發之時，若一旦把端王的權位撤回，他一定鼓動團黨，鬧出事來，這時如何是好。因此唯有忍隱，唯不聽端王之言而已。是以端、剛二人疊次排擠袁世凱，太后只是不聽。

端王料知是榮祿替他迴護，到這時又反悔招惹榮祿入京。此時反不能奈何一個袁世凱，心中如何不憤。因有榮祿在京要替袁世凱出力，實無可如何。便再邀剛毅計議道：「有那榮祿在京，我們行事，盡有的阻礙。更有袁世凱在山東地方，就是附近京畿一帶義民，系我們所欲利用的，總要被他解散。你意究有什麼善法來對待他呢？」剛毅道：「袁世凱仗著攻剿亂黨之名，似是名正言順，我們實不能說他閒話。不如請朝廷降一道諭旨，說外人的無理，各督撫速籌防務，準備開仗。那袁世凱若真要違抗時，我們便治他違旨之罪；他若不敢違抗，我們便乘勢令他與洋人打仗，豈不是好？」端王聽了，笑道：「不想老剛直如此足智多謀，孤實有賴。但方今洋人因團黨殺了教士，聯合起兵，正在圍攻天津，我們本是利用團黨的人，已如騎虎難下，這時若只靠朝廷號令，設一旦朝廷要與洋人講和，我們如何是好？不如自己拿定主意，就即發諭旨，給各督撫遵守便是。」剛毅道：「王爺殿下此言更為有理。因朝廷政權全在軍機，門下與王爺又同是掌理軍機的人，盡能發得逾旨。就自行擬就電告各省，有何不可。」端王聽罷大喜，即令剛毅擬旨發出。

時各國自因團黨橫行，慘殺外人，由各國公使先後警告總署，請中國遵守公法，剿除團黨，保護外人。但當時大權在端王之手，總署各大臣如何敢置議？因此並不復答各使。因端王、剛毅既有奪位之心，正在以團黨為忠義，冀收為己用，故對於團黨，一味袒縱。那時，團黨以端王且讚頌自己，餘外各官，也全不瞧在眼內，統計殺了都統慶恆，劫了尚書孫家鼐，終日在京裡只是殺人縱火，劫奪財貨，無法無天。

那端王又招了甘肅提督董福祥，帶領甘軍人京，並令他統領團黨。所以團黨與甘軍又聯為一氣，通同作惡。不特教堂教士難以保全，直至販賣洋貨的店子，都要毀拆搶掠。每一次殺劫洋人，必有些饋獻端王。那端王又獎頌他得勝，遂一發得意。

鬧了幾個月，搶劫一空，得錢揮霍。因有端王袒護，更無所不為。凡遇被火燒燬洋人樓房，並不準人往救。若有人前往救火的，就道他是交通詳人，也一併禍及。直至劫無可劫時，竟與甘軍聯合，遂同往攻使館。因為各洋人教士欲逃禍時，都走到使館躲避，那團黨乘機遷怒使館。

怎奈使館中人抵禦甚力，團黨、甘軍，圍攻不克。團黨一發憤怒，見到使館中人便殺。計先後殺了日本使署書記員杉山，又殺了德國公使克林德。各國聽得，好不憤怒。因兩國見仗且不能殺害公使，今團黨如此，總署還置之不理，直不得不怒。

不知總署不是不理，不過畏忌端王，無可如何。更有些京官，要討端王歡喜，也一同讚頌團黨，更有些隨同團黨學習拳棒，使團黨越加凶殘。各國如何忍得，就起了聯軍，先是攻破大沽口，並進攻天津，欲向北京長驅大進。故端王就於此時假命發諭，著各督府備戰。時各督撫得諭，都躊躇不決。

單是袁世凱接了道電諭之後，更為疑惑。因團黨正是破壞公法的人，本該早些向各國說句好話，還易了結，受害仍是淺些。今反欲與各國宣戰，實不是辦事的。且己國自中東敗後，焉能與各國相抗，將來豈不是禍上加禍？因此又覆電詢榮祿，問個底細，並詳陳一切利害。

嗣得榮祿見過太后，已知前諭不是朝廷發出，榮祿即照復袁世凱。袁世凱聽得，心中大憤，默唸：「此事關係安危，怕別省督撫亦如直隸、山西一般，必坐取瓜分之禍。斷不宜置之不理。」遂分電各省督撫，力言各國不易抵禦，外人不宜殘殺，並把日前的諭旨，不是朝廷主意，只出於端王之手，據實分告一遍。電中又請各省聯合，籌一個保全的辦法。

自袁世凱發了此電之後，先是兩江總督劉坤一大為贊成，次及湖廣總督張之洞，亦以此策為是。因各省都得有訊息，知道那時的諭旨，多半是端王的偽命，便由江督劉坤一、鄂督張之洞，依著袁世凱之議，往復與東南各省的督撫電商妥協。因當團黨發作正在夏天時候，便訂明自五月初一日以後的諭旨，一概不遵，各省都為允肯。

論起專制國的朝諭，誰敢違抗？一來因當時是個變局，端王無理，人所盡知；二來又自量不是各國敵手，除了端王、剛毅兩人的妄想，都不願輕易言戰；三來當日劉坤一、張之洞，已算是疆臣中有點聲望的，由他發起，自然樂從。於是江蘇、安徽、湖北、湖南、山東、江西及閩浙兩粵，各疆臣都電覆允從。這叫做東南督撫同盟。一面與就近各領事訂約，宣告東南各省，照公法盡力保護洋人，各國亦不得攻擊東南各省。在各疆臣固樂得如此，且以當時團黨猖撅，殘殺無理，各領事亦願如此辦法，因此便成了這盟約。

端王聽得，也十分憤怒，但各督撫已聯為一氣，究不能奈得一個袁世凱什麼何。唯有竭力鼓舞團黨，好望殺退外人，自己就可以登其大寶，自無人敢來干預。因此更假託諭旨，頒發巨金，賞給團黨。那些團黨，見端王、剛毅為人，可以欺弄，一發殘殺搶掠，反到端王府裡報捷。端王不唯不責，反為嘉獎，弄得團黨無法無天，更稱什麼大師兄呢，大仙姑呢，二郎神呢，也道是玉皇大帝命他下凡，扶清滅洋。更道服了靈符，焚了黃表，就刀劍不能傷，槍炮不能損。一派胡言，弄得端王顛顛倒倒，信以為真，便令內外各官員都要獎勵團黨。

因當時正是端王當國，凡在仕途中，那一個不討端王臉面，以求早日昇官？果然順端王者或賞或升，逆端王者或殺或革。

凡是有一點官瘤的人，千辛萬苦才得了一官半職，如何不畏端王的威勢？故大半都是順著端王，京內如在親王載勳，鎮國公載瀾，大學士剛毅、徐桐，尚書趙舒翹、啟秀，侍郎英年、徐承惺，府尹王培佑、何乃瀛；京外文武各官，如提督董福祥、總督裕祿、巡撫毓賢。後來更有一個李秉衡，自從由山東巡撫轉任川督，因教案革職後，任為巡閱長江大臣。他恨外人甚深的，趁著端王排斥，故亦自討奮勇，人京督兵。其餘大小官員，附從端王、剛毅的，也不能勝數。餘外縱不肯附從端王，唯是雖明知團黨不是，亦不敢言他惡處；若是不然，那團黨就或搶或殺，反道他是交通洋人的，端王總不根究，只是搶殺一次，獎勵一次而已。

那時，端王、剛毅只道羽翼既多，指日可以取得大位，又以為團黨真個是由天下凡，來扶清滅洋的，也信團黨有飛天遁地的法術，指日又可以殺退洋兵，因此更為得意。不想團黨用那些邪術，只能欺得小兒，實在沒半點實際。那洋兵究竟是船堅炮利，所以先攻破了大沽口。提督羅榮光陣亡後，又攻破天津，及登岸以後，所向難御。雖有聶仕成一軍，可能一戰，但寡不敵眾，況疲戰之際，實難支撐得幾時；且團黨因毀拆鐵路時，被聶軍攻擊，故團黨亦恨聶仕成如眼中釘刺。是以聶仕成當與洋兵開仗時，反被團黨在後路攻擊，遂至腹背受敵，竟至被傷殞命而去。

自聶仕成亡後，更無一人是洋兵對手。那董福祥雖口出大言，但在京中圍攻使館四十多天，連一間使館也不能攻進去，可知不是個戰將。至於李秉衡，亦只是個紙上談兵的，實沒一些韜略，因屢戰屢敗，已經自盡；若是直督裕祿，早先已歿去了。那團黨固不能敵得洋人，只會殺本國的官吏而已。所以洋人聯合八國大軍，勢如破竹，沿天津而進。自聶仕成歿後，既無敵手，直攻破了北京。

那時北京政界中人，凡從前趨附端王的，或逃或殺，也不消說。唯這場大禍，累及朝廷，洋兵既已入城，料必至玉石俱焚。況各國中，如德國憤恨欽差被殺，如日本憤恨書記被戕，總不免殺人雪恨；更怕連太后與皇帝，都不能了事。因外人雖知這場禍是端王、剛毅惹來，唯那裡分得許多，眼見是朝廷袒團排外，殺戮洋人，如何恕得。因此太后也慮不能倖免，便與當時皇帝商量，離了北京，直望西方而遁。又以直隸與京城，也是緊要地方，只命些親信大臣留守京城，又覆命榮祿再任直隸總督，隨後也除了講和一策，更無辦法了。

果然太后與皇帝出奔之後，各國即統軍入到北京。太后奔到西省，只得令爵相李鴻章與各國議和，卒要賠了幾百兆，又將縱團排外為首的大臣，盡法懲辦了，方肯訂立和約。遂把端王廢為庶人，莊王及剛毅、趙舒翹，勒令自盡，瀾公亦革職謫貶。除徐桐已故之外，如啟秀、王培佑、何乃瀛及徐承煜與巡撫毓賢，也一概治罪。這都是後話不提。

且說和議既定，次年太后及皇帝方始迴鑾。既將禍首大臣治罪，自然將有功之人獎敘。想以當時各省督撫，全憑得東南互保，故得免外人分攻各省，論功以劉坤一、張之洞為首，就各賞了一個宮保銜；又想袁世凱一任山東巡撫，即力行主剿團黨，又力陳團黨不足恃，且首倡致電各省，不遵偽命，若當時政府裡頭聽袁世凱之言，斷不致有今日之禍，便將袁世凱從優獎敘。

自此朝廷也信任袁世凱，亦無人敢為袁世凱阻力，自不消說。恰可榮祿復任直隸總督，自從端、剛被罪，或革或殺之後，那李鴻章亦於和議後身故，只有榮祿一人，掌執大權。他一來是個貴戚，二來又是個相臣，所有從前端、剛大權，都落在他手上。他一發信任袁世凱。那直隸與山東，又是毗連之省，有事自然互相酌議，無不唯袁世凱之言是聽。袁世凱又最能利用權貴，因亦深得榮祿之心。故更令袁世凱在山東改練新軍。自是袁世凱聲望日隆，雖是一個巡撫，權勢在各疆臣之上。

有話即長，無話即短。及到了榮祿沒時，遺折竟薦袁世凱一人，可繼任北洋總督。那時朝廷早看重了袁世凱，又得榮祿保薦，就升授了直隸總督兼北洋大臣。自任了北洋之後，又有一番事業。正是：

方為撫院巡東省，又補兼圻鎮北洋。

要知後事如何，且聽下回分解。

第十二回　離東島返國謁疆臣　入北洋督衙擒刺客

話說袁世凱既得任直隸總督兼北洋大臣，這時正值與各國議和之後。各國鑒於團黨之亂，仍駐軍京津，防有再變。又將團黨起事地方，罰停科舉數年，各大臣亦無可如何。因京城既破，僥倖賠款贖回，如何敢與各國相抗？故差不多京中政局，也操諸外人之手。唯各國自此亦方針一變，因從前每多提倡要瓜分中國，到那時反說「保全中國」四個字，便各出外交手段，討好北京政府，望與北京政府親厚，好為索取權利起見。

就中單表俄羅斯一國，更為周到，沒一點不向北京政府周旋。是以那時京中大員倒道俄國可靠，也有發再續聯俄之說的。

因爵相李鴻章在時，亦曾與俄羅斯訂立密約，道是清俄聯盟，俄人遂乘機把勢力布滿東三省。本來這時看見俄人舉動，自應有悔心，唯俄人把一片言說，稱從前在滿洲布設勢力，只是不得已，為對付那一國起見，並無他意。又說這會欲助中國自強，又說要扶中國什麼維新，種種甘言弄得北京政府裡頭神魂顛倒，大半是信俄羅斯真正可靠的。所以自京內至各省，都贊成聯俄之說居多，更有些提議派大員使俄訂立盟約。時俄使在京，更天天在總理衙門陳說清俄聯盟之利，催促北京政府速派訂議盟約專使。自京中傳出訊息，駐京各使沒一個不知道此事，也有電告本國政府的，也有運動清俄聯盟解散的，鬧成一片。因各國正思索取中國權利，恐一旦被俄羅斯全數先得了便宜，自然不大滿意，故各國當時十分注意此事。

及此點訊息傳到北京，就引出一個拒俄的義勇隊出來。究竟什麼喚做義勇隊呢？因當時遊學之風漸盛，都知道從前在中國所讀的書無濟於用，也轉向外國求專門的實學。是以當時在日本留學的，已有萬來人，個個倒知得列強大勢，像俄國是靠不住的，都不主張聯俄之議；又因當時俄人把勢力布滿於滿洲，大有踞地要求之勢。所以北京政府裡頭，才發這個聯俄思想，實是巴結俄人，求他體諒的意思。故留東學生無不憤怒，就給這個團體，喚做義勇隊，要來拒俄的。

不想自義勇隊成立之後，竟觸了清國官場所忌。因官場裡頭既有多數是贊成聯俄，所以連清國駐日本的公使，也以拒俄義勇隊為大大不然，又沒有法子解散他，就發了個離奇思想：分頭打電與北京及南北洋，道那些義勇隊只以拒俄為名，實則革命為實，這等語。

那時北京及南北洋的官場，接得駐日公使的電報，倒驚慌起來，因駐日公使電文中，更說那些義勇隊，不久派人回國運動起事，借拒俄之名，好購運軍火。故北京政府一發慌張，即電致南北洋各督撫，認真防察。唯東京學生凡入義勇隊的，也源源不絕，任國內官場說他什麼革命不革命，也總置之不理，唯趕緊辦事，好組織完備，一面發電入京，主張拒俄。

看來這個義勇隊，若問有什麼效果倒也難說，只當時這民氣實在可嘉。那日聽得駐日公使電致國內政府，有名為拒俄，實圖革命之語，並聞國內政府，已有電致南北洋防察。聽了這點訊息，就立時開個大會，要對付此事。大半也主張公舉代表，入北洋謁見袁世凱，好表明義勇隊的宗旨，兼陳聯俄的利害：就會中投票公舉，以得多數者即為代表。計當時得票多數的，第一是劉鐵升，其次就是湯榮健，都是江浙人。因他兩人，在留東學生會內是有點名望的，且又是發起組織義勇隊的一分子，所以就舉他兩人。

那時劉、湯二人見是投票舉了自己，也慨然不辭。以當時駐日中國公使有電在前，說義勇隊是革命黨，已有訊息，由政府知會南北洋各督撫防察，又不知袁世凱為人，平日宗旨怎樣，故此行是禍是福，仍不自知。那隊中人數約有二千名，沒一個不替劉、湯二人憂慮。唯劉、湯二人，一來已被舉，不宜推辭以示畏怯，並灰冷各人之心，二來縱是危險，其極至於一死，究竟為國死的，也留個芳名。因此便寄死生於度外，就擇日啟程。

到出發那一天，義勇隊中人又開個大會齊集，為劉、湯二人餞送，更有許多吟詠詩歌，以壯行色，也不能細表。劉、湯二人更登壇演說，道是自己此行，生死不計，總求與會諸君宗旨堅定，始終如一，勿畏謠言，自墮銳氣。演說時，那一種慷慨激昂之態，座中鼓掌，聲如雷動，無不感激。待劉、湯二人演說後下壇時，都一齊送至河干，揭帽舉手作別，然後回去。

有旁人看著的，都道此學生很有點志氣，亦為嘆服。

單說劉、湯二人，乘輪直望天津而來，一路水程，無話可表。那日到了天津，二人先投旅館住下，默唸：「此次駐日清使既有電在前，說自己是革命黨，論起袁世凱的地位，正像俗語說官官相衛，他只有袒護駐日公使，斷沒有幫助自己的道理。

但此行盡要見他，且要速見。若在天津逗留過久，必被他思疑，反疑自己不知運動何事了。」二人相商，意見亦同，故甫把行李卸下，即懷了名刺，直往督署而來。

時袁世凱亦得有偵探報告，說稱劉、湯二人已出發來津，暗忖：「他兩人正被人告他是革命黨，今忽然敢來相見，縱未知他兩人的學問何如，但他兩人的膽識，已是可敬。」正要待他來見時，看有何議論，不想中國官場陋習，凡要謁見大員的，都要向門上遞送封包，方為引進。那劉、湯二人如何肯行這賄賂之事？亦不懂得這個規例，故往見時竟被門上所阻，不替他傳進。

他兩人回來，即悟出這個原故，立即揮了一函，由郵政局遞到直督衙裡。函內大意，先訴說自己兩人求見不得，更力說「自己萬里歸來，只為著國家安危大事，大人本該效吐哺握髮之風，急於接見，何以堂堂兼圻大吏，竟不除去門閽婪索的積弊，實非意料所及」這等語。又道：「日前駐日公使，報稱我們是黨人。若大人信這等言語，願就鼎鑊之烹，不宜以不見了事。」

種種詞氣，反打動袁世凱心坎。那袁世凱見了此函，反為感動，即戒飭門閽，於他兩人來時，不要阻他。果然劉、湯二人次日復往，那門上含著一肚子氣，與他遞了名刺，即傳出一個「請」字。劉、湯二人即昂然直進。那袁世凱早在廳上等候，即迎進廳子裡，大家分坐。

袁世凱先說道：「兩位在東洋遊學，以現在國勢式微，人才乏用，正望學成歸國，好為國用。今兩位不惜荒廢上學時期，到來天津，究為著什麼事？」劉鐵升道：「學生們雖身在東洋，實心懷中國。因聽得有聯俄之事，故特來請謁，不忖冒昧，有句話要對大人說。」袁世凱道：「你們見得聯俄之事，其利害究竟如何，不妨直說。」劉鐵升道：「大凡兩國聯盟，總須勢力相敵，方能有效。今俄強清弱，盡人皆知。俄人雖極意交歡，不過為籠絡之計，好賺取利權。我若信之，即與聯盟，正如引虎自衛。學生們正慮及此，故組織義勇拒俄隊，正為此意。究竟實行聯俄與否，請大人明言，以釋下懷。他日鄙人回東，亦好對同學細說，免各人懷慮。」袁世凱聽了，略為點首。

湯榮健又道：「一強一弱，既不能聯盟，況虎狼之俄，尤為難靠。鄙人去國萬里，不知真耗，乍聞風聲，由憂致懼。故任何等謠言欲陷鄙人，亦不惜冒險來謁大人。倘有聯俄之事，望大人奏阻，以免危亡，實為萬幸。」

袁世凱道：「你們的義勇隊，究竟預備作什麼用法呢？」

劉鐵升道：「學生早經說過了，此次俄人強在東三省地方，分布勢力，以挾索利權。倘不得已，或致清俄決裂，我們義勇隊即回國，願為前驅。除此之外，義勇隊更無別意。」

袁世凱道：「很好，你們讀書外洋，還不忘中國，實令人欽敬。唯聯俄之事，不過官界裡頭，曾有人說及斯議，實則政府並無此意。且自問可以與人聯盟與否，難道不知？故敢決聯俄一說，必無實事，你們可以放心。至於俄人無理，目下只須平和以求轉圜。中國處大敗之後，亦不容易與人宣戰。你們遊學外洋，既知關心祖國，自應奮力前途，學業有成，好歸救國。故吾敢勸一言，因諸位此次在外組織義勇隊的舉動，最為官場所不喜歡，且謂諸位名為拒俄，實圖革命。是兩位此來，亦甚危險。本部堂縱能體諒兩位，終不能掩別人之口。今本部堂已經說明，國家斷無聯俄之事，是兩位盡可放心。望兩位速返東洋，將本部堂苦衷，向義勇隊內諸人解釋，就將義勇隊速行解散。此後唯盡力於求學，他日卒業歸來，國家倚賴不淺。望兩位思之。」

劉、湯二人聽罷，覺袁世凱此言，實一片苦心，似不可過違其意。劉鐵升說道：「鄙人等組織義勇隊，原為拒俄而起，既無拒俄之事，定當解散，不勞大人費心。」湯榮健道：「大人洞明列強大勢，聯俄之議料不主行，唯北京政府裡頭，只怕欲圖苟安，以聯俄為可靠。恐此議終未寢息。請大人具奏，陳明利害，力圖自強，勿以與強國聯盟為可靠。實國家萬幸。」

袁世凱聽罷，點頭稱是。

劉、湯二人，即欲興辭，袁世凱又留談一會，並設宴款待劉、湯二人。時劉、湯二人見袁世凱如此相待，不勝感激。劉鐵升更自忖道：「此次回國，因駐日公使報稱自己是革命，方以此行為一分危險。今袁世凱如此，實出意料之外。但他日返回東洋，有什麼憑據，可以令人見信是見過袁世凱呢？」想了一想，卻生一計道：「鄙人此來得大人剖心相告，又令回東後解散義勇隊，鄙人無不遵命。唯何以得東洋諸人見信？恐反謂鄙人等回國一行，即變了初心。在鄙人被疑不足惜，恐於解散一層，反生阻力，是辜負今日大人的盛意了。故敢請大人發給一函，給鄙人攜返東洋，好勸同人解散。因苟得大人一封書，一來見得鄙人等確實見過大人，二來國家並非聯俄，此言確為大人所說的，見不是鄙人等說謊，較易令同人見信。不知大人以為然否？」

袁世凱聽到這裡，已知劉鐵升用意。但發一封書勸解出洋學生，亦未嘗不可，因此滿口應承。劉鐵升及湯榮健二人好不歡喜。少頃，置酒入席，袁世凱居然以客禮相待，讓劉、湯二人坐客位。二人正謙讓不已，後見袁世凱出於至誠，又被強不過，只得就座。袁世凱即坐了主位，隨舉杯相勸，席間談論時務。因那時袁世凱正在增練北洋陸軍洋操隊，軀劉鐵升、湯榮健都是個留日武備學生，不久卒業的，也向他兩人詢問東洋軍政。他兩人一問一答，口若懸河，袁世凱甚為敬服。卻道：「中國人才缺乏，正在需人而用，且自經過甲午、庚子兩場戰禍，一切軍隊遇著洋兵，即望風而潰。今兩位有此學問，他日學成卒業，學問必更為超卓，將來治軍，實是國家之幸。」劉、湯二人齊道：「鄙人只初習皮毛，不過既辱明問，聊以塞責，不圖大人過獎至此，實在慚愧慚愧。」袁世凱道：「不是這樣說，你看鄙人僅練三兩鎮陸軍，尚須聘請外人來做顧問。若中國早見過外人軍法的，像兩位學得專門，何至惜才異地。今見兩位高論，更信專門實學是緊要的。若是不然，像從前在弓刀石頭裡挑取將官，或是因軍保舉營插個名字，得點門徑做到提鎮，就出來帶兵，也說是什麼宿將，怪不得甲午年間，一見陣戰，總不是外人敵手呢。故本部堂並不是過獎兩位，還望兩位不要自棄，須勉力前程才好。」二人聽了，更為感激。又向袁世凱詢問北洋現在練兵的情形，整整談到夜色迷檬，方才別去。行時，袁世凱又囑劉、湯兩人明日再來，二人唯唯應諾。

次日即不敢不往。不想袁世凱早已等候，先喚了一個新軍營中的統領到來，令帶劉、湯二人往看北洋的新軍，並說道：「有什麼不完全，叫他兩人指示。」他兩人益發謙讓不敢當。

果然隨了那統兵官前去，把北洋新軍看了一會，然後迴轉督衙裡，袁世凱再與談論陸軍一會而別。次日劉、湯二人，即辭返東洋而去。

第十二回　離東島返國謁疆臣　入北洋督衙擒刺客

因自駐日公使報稱義勇隊全是革命黨的作用，偏是義勇隊舉了代表人回國，那袁世凱不特不加罪他，還與他一力周旋，以殊禮相待，倒見得詫異。於是有疑袁世凱立心不軌的，有疑袁世凱懷了異心，故先收物望的，不一而足。第一那些宗室中人，一來見袁世凱兵權在手，已自不妥；二來又見這會舉動，明明報稱是革命黨的人，反與之來往，更沒有不思疑的。袁世凱也統置諸不理，唯極力反對聯俄一說而已。

且說劉鐵升、湯榮健二人回到東洋，那時義勇隊中人，已先後接劉、湯二人的報告，知道見了袁世凱，又知道他搭那一號輪船回來。故俟輪船到東之日，即邀齊同人，假座酒樓，開個歡迎大會。即派多人到碼頭相接，一直迎到酒樓裡，大家出來握手為禮。一則以謠言盛興之日，方稱自己同人是革黨，劉、湯二人毅然前往，已屬可敬，又幸得劉、湯二人平安回來，自然歡喜。故劉、湯二人到座時，即一齊鼓掌，聲如雷動。隨請劉、湯二人將回國所辦的事項，登壇布告與同人知道。然後次第演說，都是解釋袁世凱所稱並無聯俄之事而已。自此，義勇隊雖不十分解散，然不像從前憤激。

後來聯俄的風聲，亦漸寢息。其故不盡關於袁世凱不贊成，因聯俄之議，是王之春提倡最力的。那王之春是曾經使俄的人。他在廣東藩司任內時，俄皇尚為太子，來遊時，曾與王之春款洽。故王之春一力主張聯俄，以為可靠。奈國民中沒有一個贊成，反恨王之春入骨。就有一班人，組織做暗殺黨，要把議聯俄的人，盡數以暗殺對待。那時就有不分皂白，以為王之春提倡此議，其餘北京政府及北洋大臣，都主張實行此議的，便分頭去幹暗殺之事。所以王之春在上海金谷園酒樓，就有被萬福華行刺不成的事。後來把萬福華審訊，在租界監禁了十年。唯此時，自王之春遇了這一場事，就沒一個復敢提說聯俄的話。

這都是後話，不必細表。

單說當時那班做暗殺的，也不止要謀王之春一人，因為紛傳袁世凱亦是主張聯俄的人，就有一人喚做賈炳仁的，擔任謀刺袁世凱的事。因當日俄國虛無黨之風最盛，自此風流入中國，凡是尚游俠、輕性命的，都樂於此道。以為暗殺之舉，一來可以警惕專制的權臣，二來可以博自己的名譽。那萬福華、賈炳仁，就是這一輩。那日，賈炳仁取道直往北洋，滿意一到成功，不負此一走，不想事未乾出，竟在督署上房，被衙役窺出破綻，就不幸失手，也被拿去了。正是：

欲圖暗殺輕身去，轉被疏虞失手歸。

要知後事如何，且聽下回分解。

第十二回　離東島返國謁疆臣　入北洋督衙擒刺客

第十三回　縱刺客贈款南歸　對強鄰觀兵中立

話說賈炳仁既擔任前往行刺袁世凱，因什麼事未幹得來，就要失手呢？卻為賈炳仁平日只是憑著一點憤烈之心，只願把性命相搏，至於如何方能刺得袁世凱，卻不曾計算；且直隸總督衙署森嚴，賈炳仁本不曾進去過的，如何能近得袁世凱？所以擔任此事時，雖一團熱心，及到中途，頗覺有點難下手之處。

因此忖道：「如事做不來，就犧牲了這條性命，實在可惜。若是到此時便反悔了，實惹天下人恥笑，這樣就不是大丈夫所為。」想到這裡，即無退志，便鼓起餘勇，直望天津而來。

因直督衙門，卻有兩處：半年駐於保定，就有半年駐於天津。那時直督恰可駐在天津地方，故賈炳仁到時，先在天津挑選一間旅館住下。心中正計算如何方刺得袁世凱，滿意待他出衙時，迎面用手槍擊他。想自己是曾經練過手槍的，準頭命中，頗信得過。且除了槍擊，就沒第二個法子能近他身邊的了。正想像間，忽聞金鑼震動，呼喝之聲，灌徹耳朵裡。正問店中小廝是什麼事，那小廝道：「並沒別事，不過北洋大臣往租界拜會領事府，今欲回衙，經行此地的。」

賈炳仁聽了，就起身向窗外張望，早見那一頂八抬大轎子，已經過去了，心中卻道：「可惜，可惜！」又忖道：「自己若早到一天，打聽得他往租界會客，今天就可幹自己的事。今他過時，方知道是他經過，一點事也沒有預備，亦沒分毫布置，卻行刺不得。今失此機會，又復待下次了。」嗟嘆了一會，一宿無話。

次日即出外遊行，欲打聽袁世凱再於何時有事出衙。不想兩三天總沒訊息，心上已不勝懊惱。那一無清早起來，旅店裡早有紅單派到，直督袁世凱因感冒告假，一月不理事。賈炳仁看了，心中頓吃一驚，因自己所要幹的事，實不能告人，若在天津居住過久，必要動人思疑。今直督又告假一個月，想這一個月內，袁世凱必然不出衙門，怎能行刺得他？若再過一個月，盤川固然用盡，且恐誤了事，如何是好？左思右想，計不如謀進督署，好親自刺他還好。想罷，便拿定了這個主意。原來賈炳仁卻有一宗絕技，凡文人志士，罕能做到的，卻是飛簷走壁，上高落低，頗為矯健，故決意先進督衙，踏看地方，到次夜即行下手。且刺人者，用刀較用槍還有把握，所以賈炳仁就轉這個念頭，早拿定主意。

那日等到晚飯後，折到督衙左右，往往來來審視了一會。

只見督衙後壁，緊貼一間民房，卻是營小販的。時已入夜，各家都已閉了門戶。是夜又值一月將盡，月色無光，更有微雨，路上行人絕少，賈炳仁便欲縱步跳上那間民房，然後轉登督署。

忽見一個更夫擊拆前來。賈炳仁恐為所見，卻閃過一旁，讓更夫去遠後，走回那間民房附近。見側邊有一條石基，就踏上石基之上，翻身一縱，已登上瓦面。不想為時尚未夜深，那間民房內裡，那些人還未睡著，聽得瓦面響動，早已大聲呼喚。

賈炳仁恐驚動別人，先鬧出事，就不動聲息，急折上督署後牆，卻沿牆而進，已到督署上房瓦面。從視窗向下面一張，覺外面隔一道天階，直出就是簽押房。唯天階上面，統用鐵枝遮繞，頗難以下去。但見上房內，有兒個婦女還圍在一張桌子上打麻將，旁邊立著幾個丫鬟遞煙。那時國有微雨，上房內無人出進。賈炳仁卻伏在瓦上蛇行，直過前座瓦面，再向下張望，正是簽押房地方。只見袁世凱在燈下閱看文卷，旁邊立著一個跟人。

賈炳仁看得清楚，覺此時下手最好。但各處天階，俱用鐵枝支搭，以外就有門戶，俱已緊閉，反覺無從下手。心中自恨失此機會，計不如明晚再來，帶些鏹水，把鐵枝弄折了，直下去取他一命，實在不難。想罷，便想仍沿舊路回，至那間民房瓦面上，然後轉下來，已是二更有餘，還虧沒人知覺。回寓後，只託稱遊行街上才回。過了一夜，次日即購買鏹水，預備晚間所用，唯望這一夜天仍有雨，好便於幹事而已。

不提防自前一夜，賈炳仁縱上那間民房之時，已驚動內裡的人。次早即探著瓦面，覺牆上尚有些腳印。況跳上之時，用力不免過猛，已把幾塊瓦踏破了。看過腳跡，直望督衙而去，心中益發詫異，少不免把此事對鄰人及親朋訴說。恰督衙那位夥伕到來，都是平日會談慣的，就對他說及此事。那位夥伕記在心裡，卻回衙中將這一件事情報告。就由督署巡捕踏勘了一回，忖度此人登督衙瓦面，究有什麼用意，料他次夜一定再來，即密囑手下各人，分頭伏在瓦面上窺探。

賈炳仁卻不知道已經洩漏了事情，只等到夜分，依舊前往。是夜路徑較熟，直踩到簽押房瓦面上，不想早被巡捕各人見到，卻把暗號傳告手下，即一齊動手。你道賈炳仁一個人如何走得脫？即被衙役拿下，急搜身上，並無一物，原來賈炳仁見衙役來捕時，已把鏹水及小刀，概行丟掉去了，只道衙役搜不出凶器，也不敢有什麼大罪。忽聞一人呼道：「這裡遺下有一把刀於呢。」賈炳仁聽了，即知道被他們搜出利刃。自己所謀的事，料不能不認。當下即由差役押賈炳仁下來。那些巡捕已當這件功勞，料然不少，乘夜報知袁世凱，報導是拿了刺客了。

袁世凱聽得，想了想，即令巡捕官獨自進來，問個備細。

那巡捕官便把先一夜看出形跡，是夜派人偵察，當場拿獲，便拾得利刃一柄，從頭到尾，訴說一遍。袁世凱道：「既是如此，倒是你們小心可嘉。但此事總要祕密，不宜傳出外人去。外人言三語四，弄得城中不安靜。怕那時更有宵小之徒乘機教做謠言，不免居民皇皇，反為不美。你且退下，不要張揚。便是別人問起，只說沒有這等事罷了。」巡捕官說一聲「卑職知道了」，即退出來。

袁世凱令帶賈炳仁進來，令將他身上搜過，並無凶器。即令各人退出，獨自訊問那賈炳仁。時賈炳仁自忖被拿後，必不能免於一死，因是當場捉獲，更搜得凶器的，還有什麼可說？

只得立實主意，直供不諱。因此，到時立而不跪。袁世凱亦不強他跪下。那袁世凱道：「你獨自一人，身懷利刃，到本衙瓦面上，要幹什麼事？」賈炳仁笑道：「自然是要來刺殺你的。

又何必多問？」袁世凱聽了，登時面色一變，卻道：「你好大個膽子！你既謀刺我，這罪案非同小可，你還敢直說出來麼！」

賈炳仁笑道：「好大個人物，還說這些話！原來不值我一刺的。須知謀刺你的事，我有膽子要幹得來，難道沒有膽子說得出。若說句話還不敢，尚講什麼實行呢！」

袁世凱此時覺此人好生奇異，便問道：「你究是姓甚名誰的？」賈炳仁道：「我是姓賈的，名喚炳仁。今既被拿，欲殺便殺，還端詳名字做什麼？」袁世凱道：「父母生你，本望你有點成立的。你要幹這些事，難道不畏死的？」

賈炳仁又笑道：「我畏死便不來了。」袁世凱道：「你同黨有若干人呢？」賈炳仁道：「總不能說得許多，只各幹各事罷了。」

袁世凱道：「現在來謀我的，又有幾人呢？」賈炳仁道：「一人制一人，那消許多，只我一人到來，要幹此事。今我既不幸被擒，只合殺我一人，不要株連別個，致為我一人累及無辜。」

袁世凱道：「你還有點仁慈的心。但我有什麼不是，卻要來殺我？」賈炳仁道：「方今公理漸明，若那些只圖高官厚祿，擁護一姓專制的君權，不謀國民平等的權，不還國民自由的福，是專制的民賊，我們便要殺他。」袁世凱道：「這樣，內而北京，外而各省，凡在仕途中的，倒要刺殺了。試問你們又那裡刺得許多？」賈炳仁道：「愈執大權的，愈要先謀殺他。大人官鎮北洋，握幾鎮兵權，若是念及國民，那一事幹不得？你還只是隨眾浮沉，怕中國裡頭要殺大人的，不止我一人了。況最近發現一點事，大人的宗旨必要誤國害民，大人想還記得。」

袁世凱聽到這裡，反驚詫起來，口呆目定，好半晌方問道：「本部堂什麼誤國害民？最近發現的，又是什麼事呢？」

賈炳仁道：「大人真個不知麼？現在政府裡頭，主張聯俄，那個不知道是王之春提倡，你來贊成的？大人試想，俄羅斯是什麼國？既分割了波蘭，又欲分割土耳其，近來蠶食蒙古，虎視滿洲，狼子野心，還要與他聯盟，正如引虎自衛。故先要謀刺王子春與你兩人，好絕後患。」

袁世凱聽了，笑道：「你不知東京拒俄義勇隊曾舉代表來見我麼？我那有主張聯俄這等下策！我初只道你是有點見地的人，不想道路傳言，就信為真，致自輕身命，冒險來幹這等事。」說罷反大笑不已。

賈炳仁看了，也感觸起來，暗忖：「袁世凱這人好生奇異，若別人做到總督地位，那個不小題大做，要殺人示威？今自己要殺他，又是當場捉獲的，若在別人，無有不把極刑來處治自己的道理，他偏有一番說話，與自己面談。我要殺他的，他不以為仇，反如此謙虛，實在難得。料他必有個深意。看來又不免要誤殺他了。」想罷，即道：「大人既不是主張聯俄，是我的錯疑了。但錯疑了聯俄的人，也沒有錯罵那專制的民賊，我這點心卻不易解的。」說罷，復仰天哦道：

炸藥轟開新世界，狂瀾倒盡逆潮流。

此生羞讀支那史，有幾男兒識國憂。

袁世凱聽到這裡，也不免感觸。細看那賈炳仁不過是二十來歲的人，卻肯如此冒險，料他都是革黨中人，要學俄羅斯的虛無黨，來做暗殺的無疑了。細想他又像劉鐵升、湯榮健之流，有點志氣，亦有點膽量的，倒又可敬，就真誠說道：「本部堂說不是贊成聯俄的，你有懷疑沒有呢？」賈炳仁道：「這都難說，因我平生將己比人，向不好說謊，就向不疑人有說謊的，且我不曾把假話說來。若大人做這個地位，還說假話，就出人意外了。」袁世凱道：「本部堂今把你省釋回去，你卻怎樣？」

賈炳仁又笑道：「這更是笑話。大人方問我同謀這件事的有若干人，還怕要株連黨獄是真。我卻是當場捉獲的，大人如何肯放我？今我再實說，這件事只是我一人幹的，不要再起株連，只望大人不加嚴刑責供同黨，令我認供便是萬幸。若說縱我回去，如何敢作此夢想？」袁世凱道：「本部堂若要株連時，早把你發具嚴訊了，你明明說各幹各事，謀刺專制民賊，可知你黨中不止你一人。但今不必多說。本部堂實借你的愚莽，又怕你的凶狠，只還敬你的膽志。今實在說，本部堂要捎捎釋你回去。不要把此事張揚出來。但你被釋後，要作如何舉動，不妨實告。」

賈炳仁這時，覺袁世凱此話，真是開誠布公。料他真別有深意，這樣如何好負他？因此直說道：「我被拿時，本不望有再生之日。唯若得邀大人高量，憚得重牛，這點私恩，卻不能不念。唯我宗旨不能改變，只自悔學問未優，作事不密，既已被捕，又靠省釋於人。此後唯有埋名隱姓，老守田園，不復問人下事罷了。若感私情而變初心，慕勢利而受驅策，是某所不能為也。」袁世凱道：「古人說得好，道是『三軍可奪帥，匹夫不可奪志』；又道是『士各有志，不能相強』。足下此言，實如披肝瀝膽，令人敬佩。但足下言不願受人驅策，難道本部堂除了足下，就沒人使任不成？總而言之，本部堂之意，務欲成全足下，萬勿以他意生疑才好。」賈炳仁道：「大人之言，亦是實話。唯欲成全於我，敢問大人所以成全之道。莫不是聽某一言，有感於心，故改唸為國民造福，以成某之志乎？抑以某此來，甘蹈白刃，為聶政、荊卿之所為，今已被擒，故欲先殺吾首，使吾如荊卿一般，傳之後世，因以成名乎？若是不然，有何成全之法，務請大人明示。」

袁世凱笑道：「足下所言皆非也。本部堂所處地位，不能行足下之志。故目下與足下宗旨不同。若謂必殺足下，然後足下成名，又萬元此成全之法。昔張良矢志與韓報仇，終輕舉妄動，而無濟於事。本部堂雖不能比得秦皇，唯足下究與昔日張良相彷彿。故所謂成全足下者，亦如黃石公之成全張良而已。本部堂雖無張良之才，但足下既懷救國大志，唯以血氣用事，像東家郭解一流，究是沒用的。是以本部堂決意將足下省釋。此後望足下奮力於國家，仍須光明正大，若區區求刺刃於個人，事本無補，且足下縱輕於一死，試問足下有若干頭顱，有若干性命，能死得若干次？若小用其才，自輕其命，此匹夫匹婦之氣，若有志國家者可不必為。足下以為然否？」賈炳仁道：「大人既國士相許，那敢不勉。總而言之，大人行大人之志，某亦將有以慰大人成全之苦心也。餘外倒不必多說。」袁世凱聽罷大喜。

是時，已談至深夜。袁世凱乘夜再傳巡捕來見，密地再囑咐道：「今日之事，千萬不要傳說。且此等事若太過張揚，反使鶴唳風聲，愈為緊急，只可作為沒事的，任他自興自滅，較為上策。若是不然，要做打草驚蛇，怕暗殺之風日盛，連那些桀驁之徒，反要犧牲一命，從這裡博個聲名。那時刺客日多，只怕拿不勝拿，捕不勝捕了。」

巡捕聽罷，只是點頭無語。因袁世凱之言，他既不敢違抗，唯自己以為拿了這個刺客，當是一件絕大的功勞，好謀個獎敘，今袁世凱獨不要張揚，這場保舉，定是沒望了，故此更不答話。

袁世凱默會其意，即說道：「論起這件事，都是你一片心，實在可取。今本部堂縱不把此事再提，將來必尋一個機會，好提拔你，以作勉勵，你盡可放心。即衙內各人，你也提點他們，不要多說。你們既盡心衙內各事，本部堂自然有主意的。」那巡捕聽罷，方諾諾連聲的去了。

袁世凱即轉回上房，拿了二千銀子出來，全是西國銀行的銀票，即對賈炳仁道：「今有銀子二千元，本部堂要送給你。你明早速離此間，不要逗留。你拿了銀子，若要歸守田園，不問世事，盡可過活得去；若有心國家，就拿這些銀子往外洋遊學，他日成功，盡多合用之處。但須知丈夫做事，要正正大大，磊磊落落，不要徒輕性命，像那愚夫愚婦以死為榮，實不足取也。」說罷，即將銀子交給賈炳仁。那賈炳仁一力堅持，口口聲聲說：「得留殘生，已是萬幸，再不敢領此鉅款。」唯袁世凱苦苦要贈他，並說：「這二千銀子雖少，正所以成全你一生事業。」賈炳仁被強不過，方才受了。並道：「某以血氣用事，今番所遇若不是大人，恐今日在狴犴中，明日即登斷頭臺上了。」說罷，無限哀感。袁世凱復勉勵一番而別。

自此，直督衙中都不提拿獲刺客的事。只自賈炳仁被獲那一天，傳出之後，所有天津一帶也哄傳了，都欲聽候著此案怎樣辦法。初時報紙方傳遍了，過了兩三天，竟絕無訊息。有與督衙員役認識的，也來問及此事，倒答稱是假的。過一會，漸漸不提，便當此是真正誤傳的了。

話休絮煩。單表當日聯俄之議不成，俄羅斯已知道北京政府裡頭，用陰柔籠絡不得，便欲用那強硬手段。因自中東戰後，俄人恃著首倡仗義，替中國爭還遼東半島，所以索得旅順租界及東清鐵路，又借保護鐵路為名，在滿洲派駐護兵。

及庚子之亂，和約既成以後，北京政府本與俄國訂明，那鐵路護兵分三期撤退。到那時，俄國竟要違約。因他要尋東方根據，正欲借撤兵之名，多索滿洲土地權利。不提防北京政府，又因國民紛說拒俄，所以只催俄人遵約撤兵，絕不敢割讓權利。

俄人老羞成怒，不特不撤兵，反調護兵踞了奉天省城。經將軍增祺再三詰問，俄人反怒增祺多事，也把增祺將軍拘囚去了；更在清國陵寢地方移作兵房，百般欺藐。任清外部如何交涉，俄使總是不理。那俄人真是目無清國，以為可以任意占領。不料竟激怒了日本政府，因日政府前時已索得遼東半島，忽被俄人強奪了去，一來畏俄國強大，二來與中國疲戰之後，自不敢再惹俄人，是以隱怒，只與俄人訂約，言明自後大家不得占取遼東，計前後隱怒十年。

日政府早料著與俄人終有一日要決裂的，就養精蓄鋭，儲蓄財政，增練水陸人馬。又慮俄國地方寒凍，日兵知將來挨不得，故又在北海道練了一支奇兵，專能耐寒的，正要尋個機會，與俄人開仗，好雪從前殄奪遼東半島之恨。恰可俄人踞了奉天，大背前約。北京政府無權無力，竟奈不得他何，日本政府就執前約，向俄人詰問。一面電令駐俄的日使，與俄政府交涉；一面又令外務省，與駐日的俄使交涉，要俄人退出奉天。不料俄政府全不以日本為意，且占踞奉天這件事情，論公理與及約章，固對不住清國，又對不住日本，本

第十三回　縱刺客贈款南歸　對強鄰觀兵中立

無言可答，唯有自恃強大，以為日本斷不敢與自己抗爭。故於日本政府所有照會詰問，只是支吾答覆，弄得日本國民個個激憤。

日政府見民氣可用，況又積十年來與俄國相仇的，今見俄人答覆，絕無要領，料知一定要戰，便外示和平，使俄人不做準備；且知俄國西伯利亞鐵路，只成了單軌，遠兵運糧，仍屬不易。怕將來交通日便，更難與俄人開戰，遂決於此時見仗。

軀俄人不以為意，益發示以畏戰的形色，因國民愈憤，更把議院解散了。俄人因此更信日本真無戰心，是以一切東方軍備，只隨意敷衍。

時北京政府因俄人不退，正望日本與俄人開戰，故暗向日政府慫動，並願合兵。唯日政府細付：「清國實是不能戰的，若與之合兵，勝時便是兩國破俄，不見得自己本領；若不幸致敗，更以兩國相合，且不能敵俄，更為失羞。至於日勝清敗，俄人必單趨海國一面，更難以兼顧。」故一意不要清國幫助；即力請清國，如日用開仗時，務請清國守嚴正中立，不必與及戰事。那清政府見得不要自己出兵，更為得法，自沒有不願。

果然，日政府最後發一道文書交給俄人，只讓俄人把北滿洲收為勢力圈，要任日本處置朝鮮的事，又要俄人退出南滿洲，限俄人四十八點鍾回覆。不意俄人實不自量，並欲鯨吞朝鮮，到期仍支吾答覆日本。日皇便立刻復集議院，立時開仗。因清政府以有言在前，要守中立的，到這會自然宣布中立。恰那直隸地方，正與戰地為鄰，故這個嚴守中立的責任，又在袁世凱身上。正是：

任把東遼開戰務，反安中立作旁觀。

要知後事如何，且聽下回分解。

第十三回　縱刺客贈款南歸　對強鄰觀兵中立

第十四回　論中立諸將紀功　興黨禍廿人流血

話說當時朝廷既宣布中立，就頒行各省籌備防務，要守嚴正中立，免為日俄藉口。一來防各省內亂，乘機洩發，二來又防兩國交戰，必有一敗，也防敗兵闌人中立之境。因此之故，直隸一省是個緊要的去處。因直隸與奉天本屬毗連的地方，那一國敗時，最易闌入的。恰袁世凱正任北洋直隸總督，這個嚴守中立的責任，正在他身上，比別省督撫更自不同。那袁世凱一面人京，與軍機中人計議，又經召見過，由朝廷詢問中立政策。袁世凱早把胸中算定的，奏對過了，然後回任辦事。還幸當時已練成新軍洋操隊，足有四鎮之多，計不下四萬餘人，都是參仿德國與日本的陸軍制度練成的，又經聘任日本軍官做顧問，訓練了多年，盡堪保衛地方，不似從前軍隊的腐敗習氣。

故袁世凱當這個時候，自信「中立」兩個字，可籌辦得來，又因早上已忖知日俄交涉，必至決裂，就請朝廷先照會日俄兩國公使，自稱日俄若有戰事，己國必守嚴正中立。

但從那處地方駐守，總要劃清那一處是交戰地，那一處是中立地，才有把握。

因此次中國中立，與別國中立不同，在別國中立，只不要興兵助戰，又不要把軍火暗中輸給那交戰國，便是完全中立。唯中國與日俄戰爭實有關係，那交戰地既在東三省，本是中國的轄土。論起別國在己國交戰，本是千古罕有的，且交戰地與直隸相鄰，稍一不慎，怕容易把中立破壞了。故劃清戰地，實是少不了的。自袁世凱發出這個議論，政府中人皆以為然，所以先分定遼河為界，遼河以東是交戰地，遼河以西是中立地，早已分得清楚。

袁世凱便令提督馬玉昆領本部人馬，出鎮瀋陽，又令統制段祺瑞在本鎮抽調十營，駐紮錦州，又令統制張懷芝在本鎮抽調數營，同往錦州助守。一面又令馬玉昆，分兵駐守熱河。以上各路，都與戰地相鄰的，先發重兵駐守，以免敗兵闌人。又令二三四各鎮新軍管帶官，各在本鎮抽調數營，幫守榆關、朝陽兩處。計自瀋陽、榆關、熱河、朝陽各路防兵，都歸馬玉昆節制。因當時馬玉昆系直隸本省提督，且稱為淮軍的宿將，自改練新軍之後，他部下已盡改了洋操，在中國裡頭，算是能戰的。故上年朝廷加恩賞他一件黃馬褂，並加他一個太子少保的官銜。有這個名位，自然由他節制各路。況他又在直隸多年，地勢既熟，是以袁世凱用著他。又忖自甲午庚子之後，各軍營都畏忌洋人的厲害，恐這會中立，稍有畏怯，即不能嚴正緊守。

是以馬玉昆領兵啟程時，袁世凱即囑咐他道：「這一會出兵，雖不是與外國交戰，但稍有參差，即貽外人口實。務須守著公法，倘有敗兵過來，不必畏忌洋人，稍有饒讓。你們只照此做去，日後有事，即由本部堂擔任便是。」

馬玉昆得了袁世凱之令，領兵去了。餘外發出關外駐守的，都陸續先行出發。袁世凱又令統制官王仕珍，將本鎮人馬，一半駐守保定，一半調出天津駐守。時提督薑桂題方駐軍南苑，袁世凱更令他抽調數營，前來助守保定。若都統鳳山，也令他助守天津。更令道員趙秉鈞督令警兵在天津縝密巡邏，亦令段芝貴統率警兵，巡守保定。其餘各鎮協統管帶官，或二三營，或四五營不等，都分頭派差。如河間、宛平、灤州、西河及通州、開平等處，都分兵駐守。又恐日俄戰後，兩國水師不知誰勝誰負，或有戰敗的戰船逃至，故又令北洋各水師將官，將北洋所有巡艦、砲艦、水雷，都次第召集，分頭在煙臺、大沽、秦皇島等處防守。

自各處調派停妥，所有值差將官，都先後到袁世凱處領過軍令，各自開差而去。果然

第十四回　論中立諸將紀功　興黨禍廿人流血

將直隸那幾鎮新練的陸軍分發清楚，各路搭配完全，自京中、南苑、通州，以至直隸全省，都把兵馬布得鐵桶相似。去後，袁世凱才把所有辦理中立、派駐各路防守情形，詳奏朝裡。清廷見得袁世凱這會排程很有方法，也十分嘉許。一面降旨褒讚袁世凱，並著袁世凱隨時留心督率各路，不在話下。

單說袁世凱自辦理中立軍，將各鎮分駐妥當之後，京中皆以袁世凱有才，調動很有法度。唯是有些權貴，見外自榆關，內至南苑，皆是袁世凱兵權所及，且一旦有事，轉手間即調動如意，無不得宜，因此也不免有些猜忌，自不消說。

果然經過日俄戰爭，陸路如錦州、瀋陽一帶，從不曾有敗兵闌人。水路雖有俄國敗走的砲艦水雷，逃入秦皇島地方，倒被北洋水師留下。所以，附近遼西地方，俄國屢思破壞中立，倒無從入手。當時中外人士也讚頌中國中立十分嚴正。這都是袁世凱的功勞。所以事後論功，自然以袁世凱居首，就賞他一個太子少保的官銜。自此有些權貴更為不服，每欲分袁世凱的兵權。那袁世凱也聽得這點風聲，益發收羅物望。但當時自榮祿沒後，早是慶王當國，所以文武大小各許可權，都在慶王手上。

袁世凱細想自己官高權重，處著這個地位，實不得不小心。

故一面尋個機會，要交歡慶王。恰有一位姓楊的喚做仕驤，向在慶王之府裡，十分信任，那時正放了直隸道員。那袁世凱一來見楊仕驤辦事有點才幹，就奏保他升任了臬司。即由他介紹，結交了慶王，投拜在他門下。那慶王雖居大位，唯是以懿親見用，並無才幹，只如木偶。因見袁世凱有點才幹，又反喜歡得袁世凱在自己門下，凡事有個倚賴，因此也與袁世凱十分相得。

袁氏更借慶王的勢力，行自己的權勢，任是京中權貴怎樣猜疑，也奈何袁世凱不得。光陰荏苒，又過年餘。自袁世凱有了權勢，那時一般國民，凡有點思想的，都望袁世凱有什麼改革舉動，因他自巴結上慶王之後，一力收攬人才，又攘奪權勢。最近如開平礦，也令張翼與英人構訟，爭回自己手上管理，其餘電報局，亦收回在自己手上。至於官商合辦的招商局，那總局本在上海地方的，他亦要爭回，作自己許可權所及。此外無論什麼事，凡有一點有用的，也要歸北洋管轄。

這些舉動，官場中自然側目。唯在國民眼中看來，反疑他一味攬權，定有個用意。及見他依附了慶王，並無替國民營求幸福的思想。他除了自己爭權固位之外，也無他事，倒不免把一片希望袁世凱的，也心灰意冷。那些黨人，自不免要謀個反動起來，要對付袁世凱那人。那時先有一人，姓張名惠的，也與一友喚做邳重光，卻同在北洋一間學堂肄業，數年來都是同心同志。那張惠向來亦只是一個愚直的人，自看了幾家報紙，又被中外風潮激刺了，就把腦筋移轉來，天天說政府裡頭於政治是不能改良的，就立意要謀起事，恰與邳重光又同一樣志氣。

故在學堂裡，不過三兩年間，就辭了出來，天天只與祕密黨來往。

那一日，張惠卻尋邳重光說道：「當初只道那袁總督將有一番舉動，今他只知道自己爭權爭勢，只替朝廷練好幾鎮兵，好保全家產，至若是國民權利，同胞幸福，也總不計了。我們不對付了他，只留多幾個民賊罷了。不知足下尊意若何？」邳重光道：「足下說的很是。但單是對付了那袁氏一人，究竟沒什麼好處；若對付了他，能乘機幹一件大事出來還好。」張惠道：「不差，現在東洋那裡也有幾人，回來是要謀此事的，我們益發與他同謀罷。」榻重光道：「這怕還要三思。因北洋是陸軍菁華所聚的，怕這邊起事後，不多時也大兵雲集了。這時卻不能不解散，還恐一身難保，似屬無益。」

張惠道：「然則足下直是一個畏死的人了！」邳重光道：

「足下不是這樣說，弟並非畏死，只是死也要死得值。若明知幹不來，必從這裡做去，小弟卻不放心。在小弟之意，不過籌個長策，並不是要阻撓足下。足下休要誤會才好。」張惠道：

「老兄是謹慎一點，推據你又有什麼高見，不妨直說。」鄧重光道：「現在軍隊裡頭，還有幾個是小弟相識的，日來已向他運動運動，欲行宋太祖黃袍加身的故事，逼起袁總督來幹這件事。你道好不好呢？」張惠道：「這個計算，若能做得來，自是上上的好計，因袁督有偌大兵權，他的部下，又最服他的，一旦號令起來，沒有不從的，只怕不容易幹得。依弟愚見，做事總要縝密些，因運動軍界裡頭，只怕中途反侮，要倒轉了槍頭，要將我們拿捕，實不可不防。」鄧重光道：「這個何消說得，待弟慢慢見過幾個同志，商量商量，看可行不可行，然後打算。」張惠答聲：「是。」自此兩人也分頭祕密運動。

恰那時東洋有十數學生回來，亦謀幹此事的。故天津一帶，也天天有黨人密議。因此，風聲傳出實不好聽，都道有黨人在直隸、北京，要謀起事。這點風聲傳到袁世凱耳朵裡，也不大以為然，倒當屬下各員打草驚蛇，不免捕風捉影。但見人言嘖嘖，先後到轅稟報的已有數人，也不能置之不理。便紮下天津警局及各武弁一體嚴防。那時北京裡頭，亦有點風聲不好，也紛紛派員訪察。因此，自北京以至津沽，都四派偵探，凡往來輪船及客寓，都不時查搜，更防有軍火運人。便是起貨物時，也認真檢驗。故弄得天津一帶，倒人心惶惶。

那時黨人見風聲已洩，已知道事有不妙。唯幸並無軍火運到，以為無什麼憑據，故仍自安心。唯是那些偵探員卻管不得許多，凡是形跡可疑的，倒要拘去。至於並無事業，只三群五隊不時在旅邸出進的，也要拘拿，以為縱使錯拿了人，也沒什麼罪過，正要多拿些人，好博得成讞，便是大大的功勞。所以在天津地方，見張惠等一干人，倒穿著學堂裝束，早已疑他是個黨人，故一舉一動，也覷著他。更有從前與他同學的，那時已在政界裡頭，早知道張惠的志氣，因更見他不時祕密聚會，就思疑起來，竟把張惠等二十餘人一併拘去了。正是：

莫道血紅能染頂，不分皂白也拘人。

要知後事如何，且聽下回分解。

第十五回　疚家庭介弟陳書　論國仇學生寄柬

話說張惠等二十人，既然被拘，自己且不知道因何致事情洩漏。但到此時，亦無得可說，仍當自己是並無憑據，即被訊時，亦難斷人自己之罪，也不想到三木之下，何求不得。當下偵探員把二十人解交警局，羈押待訊。那時總辦警局的，正是段道芝貴，當即到轅請見袁世凱，要稟報此事。袁世凱接進裡面，段芝貴即把拿獲革黨張惠等二十人一事，稟稱請示辦法。

袁世凱道：「可曾有訊過不曾？」段芝貴道：「正在拿獲，方擇期開訊。不過先來稟報，請示辦法。未得大帥命令發交那處審辦，卻不敢擅行開訊。」袁世凱道：「既不曾訊過，你從那裡知得他是革黨呢？」段芝貴聽得此話愕然，也無可對答，覺袁督此話，亦屬有理。想了想，才答道：「人言嘖嘖，都道他形跡可疑，是以拘他；想亦拘他不錯。待一經開訊，便知分曉。」

袁世凱道：「人言不足成讞，若只從形跡上求他罪名，必至弄成冤獄。事關人命，你們總要謹慎些。若一心一意要當他是革黨，然後用刑求他，實在大誤。你們慎勿存一點倖功勞的心。況使確是黨人，亦不必株連太過。方今風潮如此，實在寒心，只怕誤殺一次，即多一次激變人心，落得黨人藉口，多方煽誘，反足增黨人聲勢，實不可不慮。故你們益發要謹慎才好。」段芝貴聽罷，覺此次自己到轅，本一團盛意獻功，以為拿得二十人，上司必然歡喜，今袁督這一番議論，實不大願興此獄，便似一盆冷水從頭頂澆下來。又不敢多辯，只連答幾聲「是，是」，即行辭出。

回到局裡，覺此番雖欲得功，恐不免又成畫餅。但費許多精神，方獲得這二十人，不特自己以為有功，即部下巡官巡士，亦欲圖一個保舉。看來，此案便不宜落在直督手上。便一力運動京中政界，好提歸刑部審訊。恰當時京中亦有風聲鶴唳，亦曾派出偵探員到津密探的。故刑部借風駛巾裡，要尋一件事來做，即令將所獲二十人解京訊辦。直督自不好不從，且樂得將這件黨獄離去自己手裡，所以將二十人即提解入京。那刑部立即訊了一堂。內中有侃侃自承的，亦有堅不吐實的，亦有供稱委實冤枉、不肯供認的。不夠刑部堂上，拿出幾件桁楊刀鋸，早已一一認了。

時直督正欲移文刑部，請他謹慎研訊，後聞在堂上僅訊了一堂，皆已認案。現二十人不日即解迴天津處決。袁世凱聽得這點訊息之時，正在喝茶，不覺一驚，連茶盅也擲在地下，卻說道：「怪極，那二十人並非是起事時當場捉獲的。只或在客寓或在學堂，說他是形跡可疑，就把來捕了，難道個個倒有真正罪名的？天下事斷無這般湊巧。便是那二十人全是同黨，也並有一事幹出來，亦罪不至於殺。縱使有可殺的，那罪人亦該有個首從，何至把二十人一併要處決呢！」說罷，再令人打個電報入京，問刑部將此案如何定法。那刑部果然複稱，二十人皆已認罪，日內即行處決。袁世凱見得是實，又復往還電商，請刑部分個首從。那刑部又複稱案已定了，不能更改。袁世凱覺無可如何。果然過了兩天，已將張惠等二十人押回天津斬決去了。

袁世凱滿心不快。只經過此事之後，更觸宗室中人猜忌。大抵除了慶王父子之外，也沒一個滿意於袁世凱的。那時袁世凱又兵權過重，政府裡頭雖沒什麼舉動，但有些要爭權的，自然日伺袁世凱的破綻，紛紛參劾。因此就令他兄弟裡頭，懷個履霜堅冰之懼，恐防袁世凱一旦有什麼不測，貽禍家庭。因此他的兄弟袁世彤，就把一封書寄遞袁世凱，意欲諷他急流勇退的意思。那書道：

四兄大人尊鑑：

竊以兄弟不同德，自古有之，歷歷可考者，如大舜、周公、子文、柳下惠、司馬牛也。聖賢尚有兄弟之變，況平人乎！讀《棠棣》之詩，則必灑淚溼書。弟亦有兄弟之感耳。詩云：「兄弟鬩於牆，外禦其侮；每有良朋，烝也無戎。」此乃常人常事常情也。若關乎君父之大義，雖兄弟亦難相濟，德異則相背。大舜聖人也，周公亦聖人也，舜能感化傲象，周公則誅管蔡。舜與象為骨肉之私嫌，舜有天下，不必加之誅討；管蔡乃國家之公罪，而周公不妨以大義滅親。

吾家數世忠良，數世清德，至兄則大失德矣。二十年來之事，均與先人相背。朝中所劾者，四百餘折，皆痛言吾兄過惡。吾兄撫心自問，上何以對國家，下何以對先人？母親在生之日，諄諄告戒於吾兄，而兄置若罔聞，將置母親之訓於何地！兄能忠君孝親，乃吾兄也；不能忠君孝親，非吾兄也。弟避兄，歸隱故里十年於茲矣。前十年間或通訊，後十年片紙皆絕。

今關乎國家之政，祖先之祀，萬不能不以大義相責也。

自吾兄顯貴以後，一人烹鼎，眾人啜汁，以弟獨處草茅，避居僻壤，功名富貴終不敢問津。

今則吾兄貴為總督，弟則賤為匹夫，非固為矯情也，蓋弟非無心者也。兄於弟固不必過加親愛，弟所於兄亦不敢妄有希求；吾兄之愛弟與否，固非所知，弟所求無愧於己心而已。弟挑燈織履，供晨夕之助爨，枕流漱石，吸清泉以自如，不特無求於兄，亦無求於世也。雖然，清苦自安，實榮於顯達，苟不自愛，弟亦不難隨與身敗名裂，蓋使為人指責曰：「此為某人之愛弟也，某人之羽翼也，某人之爪牙也。」弟此時自問，將無以自處。弟視大義如山岳，視富貴如浮雲，唯守母親遺訓，甘學孟節，老於林下而已。

昔者己亥之壽，弟曾上親供於護理河南巡撫景月汀，請他轉稟榮相，曰「朝中無有能制吾兄之人，若解其兵柄調京供職，固所以存兄，實所以存功臣之後也」云云。其言昭昭，如在目前。自今以後，但願蒼天有知，祖先有靈，吾兄痛改前非，忠貞報國，則先祖幸甚，闔族幸甚。臨紙揮淚，書不盡言。專此敬請近安。六弟世彤頓首。

這一封書，寄到袁世凱那裡，袁世凱看罷，只付之一笑。

凡有屬下官員到來投謁的，都把這一封書遍給人看。都詫異道：「令弟何以出此狂言，實在不近情理。」袁世凱道：「我現在有四鎮兵權在手，無怪人相疑。但我若要反正時，不在今日了。外人觀我，似乎結樹黨援，但我用人，亦因才而取。若才不足用，即親為兄弟，亦不能援引，此吾弟所以積怨也。今吾弟以孟獲待我，而以孟節自處。若果為孟節，自可終老布衣。試問數年前，他捐了一個道臺，卻是何意？昔吾兄世敦，在山東誤殺良民，激成團黨之變，因以革職。吾兄弟頗謂我不為兄設法。然試問此等罪名，豈能以私害公？吾之結怨於兄弟者在此。特今者吾弟之慾陷吾亦極矣。」說罷，聞者倒為嘆息。

自此袁世凱把親弟之信，逢人便說，以為吾弟此書，必料自己匿不敢告人，乃故意不為隱諱。但其中內外官員，有信袁世凱必不至有異心的，有疑袁世凱一味攬權。俗語說，相知莫如兄弟。今其弟且作此話，或者袁世凱真欲動彈，亦未可定，或疑或信，自所不免。唯有一二宗室中人，便欲設法分袁世凱兵權。在軍機裡頭開議設立一個練兵處，派慶親王做了個督辦練兵大臣，滿意要把袁世凱兵權，要收回沃親王手上。

不意朝廷迭次見過各國公使，凡談及練兵，倒稱袁世凱最為熟手。今北洋陸軍既有了成效，倘若在京中練兵，自然少他不得了。那日本公使見了慶王，又說袁世凱練兵甚為得法，今設練兵處，大要用袁世凱北洋相助，這等說。湊著慶王又不大懂得軍事的，正樂得有人幫助，況自己所靠的只是袁世凱，便又請旨將袁世凱派為練兵處會辦大臣。那時一班宗室人員，只道設了練兵處，就可收回袁氏的兵權，不想反令多一個兼差，他手上幾鎮兵權，依然無恙，不免大失所望，自然要籌第二個法子，為對待袁世凱之計，自不消說。

單說袁世凱自再得練兵處會辦大臣的兼差，屬下文武官員自必紛紛上衙道賀。其中知己屬員，更有些欲求練兵差使，要求袁世凱說項的。先是段芝貴到來道喜。袁世凱道：「這事有何喜可賀？」段芝貴道：「不是如此說，直隸雖密近北京，但公究竟是個外任總督。今京裡所設練兵處，且不能缺公席位。可見廷眷獨優，安得不賀？」

袁世凱道：「貴道有所不知，此次練兵處之設立，本不利於本部堂，實欲借設練兵處之名，為收回北洋兵權之計。唯慶璵我交情獨厚，又見京中尚無可以代任兵權之人，更以外人看見北洋陸軍成效，力為援薦，故有是命。足下試想：窺伺者在前，猜疑者在後，吾斷不能持久。每欲捨去此責任，而廷意又不允。因此窺伺猜忌者益多。可知多一次優差，即多一層危險。故吾作是言，此非足下所知也。是以吾於練兵處會辦一差，只願擁個虛名，再不願薦人於其中，貽人藉口。許多到來欲求練兵差使，是直未知吾意矣。」段芝貴聽罷，深以為然。

去後次日，袁世凱獨自進京叩見慶王，借辭去練兵處會辦之名，欲探慶王之意。慶王道：「足下誠有聰明，京中蓋有欲得足下兵權者，故多方設計。然足下亦不必介意，只宜勉力任事，不必辭差。以今日人物，實非足下不足以掌兵權也。」袁世凱聽罷，自然依慶王之意。隨問慶王，欲奪自己兵權者，果屬何人。慶王道：「此事本不宜多說，足下既已問及，又似不得不言。鐵良每於召見時，故意談及軍事，借炫己長，以揭北洋陸軍之短。且每與樞臣相見，必談北洋陸軍訓練失宜，即此可知其意。吾不知彼有何能幹，要替足下治兵。日前設練兵處，亦其面奏請行也。」

袁世凱道：「王爺深居，似未知官場積習，他雖不諳兵事，然近來收鳳山、良弼二人為爪牙，將恃此二人為挽綰兵權之計，何必鐵良自有才幹，方能爭權。今在王爺面前實說，請為門下設法，一則辭官歸里，以避賢路，次則改調入京。以卸兵權。望王爺俯允。」慶王道：「汝年尚強壯，正當為國家出力，何必遽萌退志。汝回北洋，只管辦汝事，他人之事不必計較。」

袁世凱聽罷，稱謝而出。回至直督衙門，心未釋然，力求所以解釋鐵良之忌，即請楊仕驤相見，告以慶王所言。時楊仕驤方借袁世凱之力，薦任直省藩司，正恃袁世凱為冰山，自然力替袁世凱籌度。袁世凱道：「據足下高見，要如何處置才好？」楊仕驤道：「大人年壯力強，位高權重，宜為人所忌。且京內只有慶王為大人心腹，以外各軍機，不是反對的忌大人權勢，就是頑固的嫉大人行為，終亦可慮。請借慶王爺之力，薦一人入值軍機，以為自己內援，實是要著。餘外尚書督撫，不可無自己心腹之人，蓋多一聲援，即少一反對，大人以為然否？」

在楊仕驤此話，一來為袁世凱計，二來亦為自己計，好望袁督保升自己。唯這些說話，正中袁世凱之心，聽罷深以為然，即道：「足下真是高見，我當依此而行。」

到次日入京，謁見慶王。正要薦人入值軍機，細忖所薦之人，若是自己心腹，更惹人眼目；若被自己所薦之人，必然感激自己，何患不為自己所用？恰那時初設學部，想現任學部尚書的正是榮慶，亦與自己有來往的，不如薦他也好，便向慶王道：「現在軍機辦事，一切用人行政，都是無甚成效，皆由在樞垣的，像王爺的剛決，卻是罕有。門下素知學部尚書榮慶，心地光明，舉動正大，若以入值軍機行走，必裨益不淺。不知王爺以為然否？」

那時慶王正信用袁世凱，凡袁世凱一言一語，沒有不從的，故聽了袁世凱之言，自然首肯，便力薦榮慶入了軍機。

那日諭旨頒出，榮慶著在軍機大臣上行走。榮慶正不知何以一旦得慶王如此相待。當謝過思後，即往拜晤慶王，謝他援薦之德。慶王道：「足下才幹敏達，我所深知。只自袁世凱一力遊揚足下，始省起來，援足下入樞垣去。足下此後，務求為國盡力罷了。」榮慶此時方知自己為袁世凱所援薦，益發感激袁世凱。

那袁世凱又見軍機裡頭，已有一半是自己心腹，於是內而尚侍，外而督撫，都次第薦人充任。不想聲勢愈大，嫉忌愈多。

從旁觀看起來，倒覺袁世凱當時地位，似可危可懼。因此便引出歐洲中國的留學生，反注眼在袁世凱身上。一來見他從前周旋義勇隊的代表及前時天津黨獄，也不大以為然，二來又見他一味攬權樹黨，只道他有個獨立思想，湊著當時民黨的風潮，一天膨脹一天，以為袁世凱有點意思。不知袁世凱固是無此思想，且他向做專制官吏，便是獨立得來，終不脫專制政治，於國民斷無幸福，也並不想到此層，便聯合上了一封書，寄繪袁世凱，勸他獨立。正是：

欲求大吏行奇舉，幾見斯民得自由。

要知後事如何，且聽下回分解。

第十六回　贖青樓屬吏獻嬌娭　憾黃泉美人悲薄命

話說留學歐洲學生，因袁世凱結樹黨援，總攬權勢，也疑他有什麼舉動，又見他所處地位，被宗室中人早懷了一個疑團，以為那姓袁的，此時料是進退兩難之際，若把一封書打動他，不怕他不改轉念頭，奮起雄心，謀個自立。便約了幾人，先開一個祕密會議，說起致書袁世凱，勸他反正自立。當下各學生聽得，莫不以為是。就中一人喚做張紹曾，起身說道：「自唐以來，凡是藩鎮疆臣，凡有權有勢的，都以袁世凱為最。因歷朝見得漢末州牧，唐末藩鎮，都是尾大不掉，也主張中央集權之治，是以疆臣總受掣肘。今那姓袁的如此舉動，沒有不令人思疑的。故近來政府裡頭，也要行中央集權，想為那姓袁的起見，意欲收他的權勢，以免後患。那袁世凱是有點聰明的人，難道不知朝廷的用意？想他一定有個主意的。以弟愚見，那姓袁的除了具折乞休，就是舉兵行事，方能於險裡求全；若是不然，怕他下場，總是不好。故這個時候打動他，是最好的機會了。」又有一人說道：「好雖是好，只怕那姓袁的沒有這般膽汁，就不免徒勞筆墨，也是枉然。」

張紹曾道：「某料那姓袁的，不是沒見識的人，未必不知旁人思疑自己；若不能釋疑，又不能退休，他自問除此之外，更無保全之策。慶王以七十老翁，如殘年風燭，能倚得幾時？

想他亦想及此層。故此時打動他，也最好。便是打動不來，我們亦無什麼不值，不過費去幾分銀子的郵費罷了。」說罷，各人都鼓掌稱善。又以張紹曾發的議論很好，就公推他做主稿。

張紹曾自不推辭，即立將函稿擬就，再會同修飾，然後寄回中國北洋那裡，直交督署袁世凱收覽。不想那函寄到之時，袁世凱恰進京裡，便由幕裡老夫子接著，看那函面並沒有寫是什麼人寄的，又不像官場來往的文書，只是由歐洲寄到，料不是駐樣公使寄來的，正不知函內所言何事，便懷著一個鬼胎，要窺探袁世凱的私事，便收了那一函，走回自己房子裡，悄悄偷拆那函來看。只見函內寫道：

慰亭督部足下：

某聞識時務者為俊傑，通機變者為英雄。足下以天縱之英才，為世而出，一切審時度勢，觀變沉機，當不假僕談矣。顧某以旁觀者清，有不得不為足下告者。竊維中原板蕩，垂垂百有餘歲，撫有我土地，奴隸我人民，亦已至矣。論者或以君位為虛榮，民權為實際，歐洲大陸，且有迎異國人以為君者，苟得自由幸福，亦又何求？顧迎君者，出於國民之公意，承認而奉以為君；亡國者，出於強敵之野心，征服而兼併其國，挈量比較，殆類天淵。此如可行，則甲午之役、庚子之役，皆可任操縱於列強之手，公等固不必糜民膏，構和議，為朝家保全計也。夫專制之酷，邁於全球，牛馬同胞，不儕人類，固已久矣，而猶可以迎君相比例那！

年來盈廷囈語，「立憲立憲」之名詞，「變法變法」之聲浪，遍唱於人間，然而改換面目，襲取皮耶偽耶，早為識者所哂。足下洞識外情，熟觀大勢，真耶偽耶，此足下所知也。十九世紀而降，專制政體，環球將無立足之地。而欲以苴罅漏，粉飾彌縫，與列雄角競於弱肉強食之時，愚者亦知其無濟。而足下欲以一木之微，支將傾之大廈，片帆之影，挽已倒之狂瀾也，不亦惑乎？昔令先尊君以一世之雄，駐軍宿州，抗捻酋於西北，堵洪黨於東南，旁午軍書，憂勞成疾，其為朝家効死力也，至矣！然而百戰之將，位不過中丞，賞不及封典，而高坐養尊，安居無事者，王也，公也，侯也，伯也，車載鬥量，何可勝數。

嗟呼！異姓之卿，雖勳不錄，尾大不掉，久懸為大防矣！縻同胞之性命，逐故國之山河，以奉之於□主。先君九原有知，將拊膺悔嘆曰：「道非其道，愧不早為劉因也。」功奮賞吝，動輒招疑。昔張廣泗、柴大紀之徒，以汗馬殊勛，積封侯伯。顧一言之忌，斧鉞相隨。況足下無昔人之烈，而權重於當世者耶！

或以人臣事貳，殆為不忠，舊學大師，重為箴訓。獨時勢不同，即強權互異，藉使主權尚在，當朝國勢，尚侔各國，可以守土，可以保民，則如足下等後先疏附之徒，肫誠翊戴，能以致國家於自強，是足下等必能保殊勛至於永世，全晚節以無有異心，亦固其所。

然某觀於南北口岸之租割，是有土地而不能保守也，礦權路權之損失，是有利權而不知保守也。祖國之國權大去，中土之主權復非，只以囉雀掘鼠，以贖保被征服國之君位殊榮，對外則以賠款供輸，對內則以專制殘殺，日蹙百里，將輾轉而日即於亡。而足下猶欲擁護之，何其昧也。

某等以為，今日非改革無以救亡。方今種族昌明，民情可見矣。藉非國民主動，必不足以實行立憲；苟欲得將來之建設，舍現在之破壞，無他道焉。今足下居要位，執大權，其所以致此者，不過前倚榮祿，後倚慶邸以為援耳。足下才華卓越，高出同僚，猶依附草木，以致通顯。公何委曲自苦，且亦不知黃雀在前，持彈者之日伺其後也。軍營老散，足下為編練之；政治腐敗，足下為爭改之，竭盡愚誠，反叢忌謗。新軍方成，兵權遽奪。履霜堅冰，足下曾一念及將來所有如何不測否耶？在昔伐越成功，伍員見殺；沼吳奏凱，文種受誅；劉項之勝負既分，韓彭之首領難保。人亦有言：「狡兔死，走狗烹；飛鳥盡，良弓藏。」古已如此，況非我族類，其心必異！而足下欺倚以為建殊功，望奕祀。今足下位高招尤，後來禍福，誠未可料。

為足下計，與其？待罪，不如奮起求全，復故國之河山，造同胞之幸福，足下行之，直反手事耳。

憶昔法倡革命，實啟民權；美苦煩苛，乃倡獨立，造世英雄，華拿未遠，某固不以庸庸厚福待足下，而以造世英雄待足下也。乃若以今較昔，煩苛逾於美國，專制甚於法人，炎漢聲靈，淹然澌滅，如是久矣。即足下能享優崇，保富貴，伈伈俔俔，以待百年，而塗炭水火，普遍中原，足下一人笑而萬姓哭，足丁豈亦安乎？況復原鹿復危，城狐自舞，慘懷麥秀，將召瓜分，行使種族長沉，山河永碎，猶太往事，人所同悲。

公亦人類，應有感情，念及前途，杞憂何極！不忖冒昧，聊布區區，足下圖之。

某謹白

第十六回　贖青樓屬吏獻嬌姿　憾黃泉美人悲薄命

那幕友看罷，覺這一封書，直是勸袁世凱作亂的，如何好給他看？但若要埋沒了，又怕那些留學生第二次有書來時，提及此函，袁督必問及此函何往，這時如何是好？便候袁世凱回時，悄悄放在袁世凱坐處，默窺那袁世凱看書後的動靜。

不想那袁世凱看了，沉吟一會，也並不將此函隱諱，卻把來遍示幕友，並笑說道：「旁人見本部堂有點權勢，也疑我久有異心，其實大誤。某今日殆如騎虎難下，一切舉動，誠有不得已者，旁人焉能知之？」說了，各幕友都道：「大人公忠體國，唯王爺所探知耳。」袁世凱一笑而罷。

唯袁世凱接得此函之後，自忖：「那些留學生，敢公然遞函於自己，必自己舉動令人有可思疑之處。因此要結慶王，較前更甚。」慶王又復深信他的，故於袁世凱無不言聽計從。所以那些屬員一望升官求保舉的，都向袁世凱面前弄法。就中楊藩司見自己升任藩司已久，滿望薦升巡撫，益發要巴結袁世凱。

但「金錢」兩字，是那袁世凱向不慣受的，若單是禮物，也防不見得自己誠意。猛想起：「那姓袁的，年方強盛，後房姬妾，不下一數人，有是蒙古人女子的，有是西藏的，至於京中名優歌妓，色色俱齊。公餘之暇，在後房中與姬妾團坐，絃管大作，實是一個風流跌蕩的人。不如尋一個絕色的佳人獻他，更留得永遠的紀念。但各處佳人，都是他後房所有，只有蘇州南妓，近來最為京中大員所賞識，就是王公貴胄，也趨之若鶩。凡是有聲有色的南妓，一到京華，即豔名更噪。不如往蘇州買一個絕色的，送到他處，不怕他不承納。那時節袁世凱自然與自己為密切的交情。即那個妓女，得自己買得，轉送上司，得做一個大員的姨太太，天幸得寵，自然又感激自己不盡。」便打發一個心腹的家人喚做楊忠的，攜資到上海地方，訪尋有聲有色的名妓。

及楊忠到時，凡花天酒地及唱書的館子，都躡足其間，志在物色佳人。恰那日被朋友請宴，幸得那位朋友替自己喚了一個美妓到來陪局，喚做金媛媛的。上年花榜發時，早點過一名及第，豔名久著。及多長了一年，已屆芳齡二九，更出落得一種風流態度，都道他到本年屆開放花榜之期，他一定是個狀元人物。不特儀容秀美，且長挑身材，修飾合度，唱老生喉，直像響遏行雲，正是人間獨一，天上無雙。楊忠聽他唱一會曲子，已覺神搖魄奪，更看他眉如柳葉，面似桃花，益發傾倒，使故意與金媛媛交歡。又忖他在海上，見過多少有名人物，自己向在北洋，卻不曾留過聲名於海上青樓，因此也恐金媛媛瞧自己不在眼內，便鋪擺自己的聲勢，做什麼優差，得什麼上司眷注，說個不了。席散之後，乘著些酒意，與友人直到金媛媛的寓裡談天，先露些要攜他從良之意，那金媛媛卻不大答應。

楊忠見得詫異，次早把些銀子打賞她的使喚人娘兒們，說明自己願出重資，取贖金媛媛。那孃兒道：「此事恐辦不到，因姑娘心坎上早有了人了。」楊忠道：「他眷戀的究是什麼人呢？」孃兒道：「俺姑娘雖是一個青樓的妓女，但富貴官紳，卻不大留意，因恐他後房七姬八妾，自己將來像冷守空幃一般；又說那些多沒有思想，故反要喜歡有志之士，與那愛國的少年。

最近結交一個本地姓張的。他父親開張了一間錢莊，年約二十來歲，月前方往遊歷東洋。大約下月回來，即要娶姑娘回去的了。」楊忠聽得，不知那姓張的是如何人物，計不如拿袁、楊兩位大員的名字，說將出來，誇炫他們，想得作一個大員的侍妾，料勝過跟隨一個市儈，便對那孃兒道：「某此來卻有點原故，因為北洋袁大人，要尋個有聲有色的南妓。你試想，凡一個女子，能侍封疆大員的中櫛，料他福氣一定不淺的。某看金媛媛像有點根基的人，終不是久屈下流的，故看上他。不知他的意見如何？」

那孃兒聽得，知道楊忠的意思來了，不如想條良計，賺他幾塊錢鈔也好。便道：「金姑娘是高自位置的人，說話是不易得。今聽老爺的話，料然在北方帶有買妓的差使來的，待我們與老爺方便，周旋一二罷。」楊忠聽了，覺孃兒說那買妓差使一句，不知他是有心說的，還是無意說的，說來實在難堪，但他竟有點聰明，竟探得自己意思。現在要靠他說話，倒不必怪他。便答道：「得你來周旋，想沒有不妥。就此拜託拜託。」

孃兒道：「老爺還不知，我曾說金姑娘是高自位置的人，這會不合向他說話，只好向他的母親商量商量罷。」楊忠大喜，心上正依賴那孃兒，凡那孃兒有求，無不應手。那孃兒是個乖覺的人，今天說有事要錢使，明天又說因那事窮得慌，早向楊忠弄了千把塊錢到手裡。只過了幾天，沒有實音。

楊忠焦躁，連催了那孃兒幾次。那孃兒道：「今有句話，要老爺提拔。因妾的夫，現在家中沒點事，官場裡頭，他還懂得些兒，總要老爺攜他到北洋去，在楊大人跟前說句好話，好借一帆風，使拙夫得一官半職，妾當一力替老爺幹妥此事便是。」

楊忠道：「你何不早說，若此事弄妥，某盡有方法的。只是你在青樓地方做個使喚的人，你丈夫忽然做了官，怕傳將出來，終做個笑話。」那孃兒道：「老爺你又來了，誰教人把密事傳出去。妓女能做得官太太，難道妾的夫，就做不得官？只要祕密一點，沒有做不到的。」楊忠答了聲「是」。

那孃兒見楊忠應允，便在金媛媛的母親面前，一力說項稱揚，並言楊老爺願出多金取贖他的女兒，這等說。凡女人那一個不要金錢的，何況青樓的鴇母！竟說合了八千銀子，任將金媛媛取去。那孃兒卻對楊忠說是一萬金，中飽了二千，即行說妥。金媛媛卻不大願。唯那姓張的，卻不能出那一萬銀子，實爭不得氣，沒奈何，只請了姓張的來，眷戀一會，說一番訣別之話，盤桓了數天，然後向鴇母作別，忍淚與楊忠登程，並攜孃兒作伴。楊忠並謂那孃兒道：「待某等先回北洋，諸事交割妥當，再喚你丈夫前往不遲。」便一齊附輪而往，直抵天津。

轉至省會，見了楊藩司，把前事敘述一遍。

楊藩司大喜，便設宴款請袁督。席間先談及風月各事，極力揄揚南妓之美，並說昨天由家人在上海，贖得一名到來，聲色皆絕。袁督時已有些酒意，便問此南妓何名。楊藩司道：「就是花榜上著名的金媛媛。」袁督力言願一聽清歌，就喚媛媛出堂，在筵前作起絃管來。金媛媛唱了兩出，聲情激越，無不傾倒。袁督乘興連喝了幾杯，已大有酒意，力贊金媛媛不絕。

藩司道：「既是大人喜歡，明日當送到貴署去，俾得常奏清歌。」袁督道：「即是足下特地購來的，怎敢掠美？」楊藩司道：

「本司籍隸江左，家中常有人往來，必經上海。若要再得美人，自是不難。今先將金媛媛送去。」袁督稱謝不已，席散辭去。

次日，楊藩司送金媛媛到署中。正是其新孔嘉，凡公退之暇，即令金媛媛唱曲侑酒。更與楊藩司結為知心，便一力保奏楊藩司。恰山東巡撫出缺，便保他升任去了。那楊忠自應允那孃兒提拔他丈夫之後，今楊藩司忽然升任，只得仍對楊藩司細說。楊藩司怒道：「金錢還是小事，我只要官階直上；若提拔一個青樓中人來做了官，怕不要被人蔘劾不止！這事如何使得？

待到東省，慢慢打算，目下也不消提了。」楊忠無語可答。那孃兒見楊忠應允提擾自己丈夫是假的，也不勝其憤，少不免在金媛媛面前唆擺洩氣。

那金媛媛自進北洋督署後，初時還自過得，及一二月後，除了唱歌侑酒，便無別事，袁督又日勞於軍國各事，只有公暇，令媛媛唱曲，餘外都在上房太太及姨太太處。金媛媛自忖道：

「袁督並不當自己是姨太太，只當是一個歌妓看待。」冷夜清思，時多憤懣，且舉動又多拘束，較當年在上海青樓，大有天淵之別。更有時憶及張郎，此情更不可耐，加以那孃兒又時時在跟前絮聒，不覺怨氣填胸，竟成了一病，日漸羸怠，竟致不起。正是：

侯門一入深如海，從此蕭郎陌路人。

要知後事如何，且聽下回分解。

第十七回　爭內閣藩邱擊疆臣　謀撫院道臺獻歌妓

話說媛媛積恨成疾，日益樵悴，且自抱病後，除隨行的孃兒伏侍外，更無人慰問。因媛媛進來，以聲色為諸姬所忌，至是抱病，方冀其速死，因不特不來慰問，且時聞房外有訕笑之聲。有消他舊客未忘，相思成疾的；有笑他紅顏薄命，應受夭折的。媛媛病中約略聽得，憤火中燒。那袁大人所以欲得美姬，只為清歌耍樂計，與少年多情蘊藉的，卻又不同，故冷夜清思，益增愁惱。呻吟間，謂孃兒道：「妾向不以富貴關心，卻被你們牽誤至此。試問你得他好意，甘心掇弄，至今安在？」說罷不覺嘆息。

孃兒亦無語可答。唯見媛媛口中咯血，沾濡床褥，那孃兒替為拂拭，不勝感咽。欲乘間告知袁大人，唯督署事煩，一日之間，半在客廳，要接見屬員，半在簽押房，晝理卷宗，幾無暇晷。公暇只在上房，又以太太、姨人太俱在，不易說話，孃兒也不敢前往報告。更有時因要政人京會議，恆三五日不回。

恰次日，那孃兒至門外，使僕人取薑湯，適袁大人自內出，那孃兒迎前，告以媛媛病將死。袁大人道：「我還不知。今適要入京會商大政，此時便要啟程，不能再緩。汝先告美人，善自調理，我不久便回。」說著出衙去了。

那孃兒回告媛媛，那媛媛道：「嫁得一堂堂方面大員，所得亦不過日餐夜宿。若嫁了個平常士商，未必便餓死去。妾何辜以至於此！還怕珠沉玉碎，終無人知覺，亦將何用。」說罷，又復長吁短嘆，咯出血來。孃兒慰藉了一番，終不能釋。是夜，竟以咯血不止，面白唇張，奄奄一息。挨至五更時分，一命嗚呼，敢是死了。

那孃兒到時，追念數年追隨，不覺感動，大為拗哭。

不得已，亦報知太太。適袁入京未返，太太念人只一死，亦欲從厚營葬。唯諸姨太太無不恨他，交相讒阻，只草草經理葬具，即逐孃兒出署。那孃兒憤極，欲尋楊忠告訴，奈楊忠已隨赴山東。無可如何，只得略典衣物，自治行裝，回上海而去。

時袁世凱雖然在京，唯任上各政及署中各事，仍不時著人隨時報告。那日聽得媛媛已經死去，心上不勝悲梗。欲援筆自作悼亡詩，忽門子報稱慶王邀往相見，有事商議。袁世凱便不敢延誤，即穿衣冠望慶邪而來。適慶王子先在座，見袁世凱有些戚容，便問有何事故。袁世凱答道：「弟對兄本無不可言，自蒙王爺拔擢，升任北洋，披理公牘，日無暇晷，公餘之暇，只有金姬聲色，略解煩惱。今不幸物化，故不免慼慼，休要見笑。」慶王於道：「金姬從那裡得來？想必是天人。若是不然，足下斷不至如此眷戀。」袁世凱道：「是個南妓，以數千金得之，最解人意。不特色可羞花，抑且聲能戛玉，是以不勝憶念。弟並更一言，恐不止弟後房未有其比，實北妓中所未有也。」

慶王於道：「近來南妓身價漸高，若像足下所言，是名稱其實。惜弟生長北方，所見南妓無幾，未得一廣眼界。」袁世凱道：

「蘇杭地方，女色為國中著名，足下欲得，固亦不難。」

正說著，慶王已出，忙起行禮。慶王道：「彼此知己，何必頻頻講禮。」慶王子插口道：「袁兄今遇一不幸事，後房喪一絕色佳人，故心上不大舒服。」慶王笑向袁世凱道：「然則足下亦是情種？」袁世凱道：「自古英雄無不多情。」說著大家一笑。袁世凱又道：「不知王爺相召，有何賜教？」慶王道：

「明天在政務處會議新政。因日前足下在任上，奏陳組織立憲應辦事件，力主先建內閣，明天會議，就為此事。想軍機諸王大臣皆到，足下須依期早到。」袁世凱道：「王爺料此事可能辦到否？」慶王道，「這卻不能預料，想其中必有反對的。因今已辦事之難，固在意中也。」袁世凱道：「若不重新組織內閣，何得謂之立憲？門下必以死力相爭。」慶王答聲「是」，袁世凱便辭退。

時袁世凱權勢方盛，京中已不知幾人覷他的行動。自從到京後，一切舉動倒被人偵探。就中最留意的就是鐵良。那日聽得袁世凱過慶王府相談，不知議論何事，便即穿衣來見袁世凱。

那袁世凱早知鐵良不是自己的同氣，但終想交歡他，以求和洽，便接進裡面。鐵良明知袁世凱主張建設內閣，便故意說道：「方今國勢日弱，若不能改革政體，實不可為國。但盈廷聚訟，左一人發一議，即有右一人出來反對。凡事難辦，實在可嘆。」

袁世凱聽得，深以此言為是，並不疑鐵良有詐，因此答道：「足下此言，正與今日慶王爺說的相同，可謂洞中今日時局的肺腑。」鐵良聽得此話，就知慶王是贊成組織內閣的。

鐵良仍故意詐作欷歔與。少頃退去，心中暗忖道：「若真個組織內閣，必將以慶王為總理大臣，以袁世凱為副總理大臣，是政權更在袁世凱手上，實不可不防。」便急往見醇王載灃。

因知醇王是當時皇帝的胞弟，除了他更沒別人可與慶王相抗，正要借醇王之力，來阻止內閣。故相見時慌忙說道：「王爺知國家變故否呢？」醇王聽得大驚道：「有什麼變故？某實不知。」

鐵良道：「慶王總不懂事，任袁某人播弄，借立憲之名，要建設內閣，自然先要解散軍機。王爺試想，軍機裡頭歷來都是我們宗室人總執大權的，若一旦解散而建設內閣，雖以慶王仍任總理大臣，但任那副大臣的一定是袁世凱。那慶王不過袁某的傀儡，是不啻袁某為總理大臣了。且弟聞內閣一設，凡宗室人不能以親見任。他並云：『滿人皆紈褲子弟，不懂國計，內閣裡頭不能輕易委任滿人。』顯然要攬權專政。弟觀操、莽之事，頗為寒心。今袁某總綰北洋管鑰，又兼數鎮兵權，若要反動，不過彈指間事。且聞袁某向與革黨周旋，事雖傳聞，究不可不慮。」醇王聽罷，不禁悚然，便問將如何處此。鐵良道：

「弟聞明日在政務處會議此事，望王爺屆期必到，務要力爭。中國存亡，在此一舉，王爺不可忽略。」醇王聽罷，點頭稱是，並道：「你且退去，我已有主意。某在一日，斷不能使彼得志也。」鐵良稱謝而去。醇王此時氣忿忿，深恨袁世凱。

過了一夜，次日醇王即令左右備下一柄六門短槍。家人總不知醇王意，但見他餘怒未息，又不敢問。左右只得呈上一口短槍出來。醇王接了，一言不發，即藏在身裡，傳令備轎。左右更不敢抗，立令轎班掌轎。醇王便令跟人隨著，乘了轎子，直望政務處來。

到時，已見有數人在座，都是四相六部及軍機中人。大家向醇王見過禮，然後坐下。好半晌，才見慶王、袁世凱一齊到來。醇王見袁某此時方至，已滿心不悅。大家見禮分坐後，少不免作一會寒暄話。各人見醇王面色不好，知道有些原故。不多時，把建設內閣一事提出，慶王先請各人發議。往時凡議一事，凡與議的大臣，都挑選最遲的時候方到，到後只模稜一會，即會飲而散。

那日各人到的獨早，因有贊成的，預定發言，有反對的，又預定辯駁。故提此議時，袁世凱即發議道：「方今朝廷有鑒於世界大勢，苟非立憲，不足以息內亂而圖自強，故首令籌立基礎。弟以為欲行立憲，先建內閣為本，然後分建上下議院，君主端拱於上，即不勞而治。弟以為此乃萬年不朽之基，望各位認真研究。此事若成，國家幸福不淺。」袁某說了，當日慶王子方任商部尚書，時亦在座，即繼說道：「袁公之言，甚為有理。弟曾到過外國，見他政治井然，皆由責任內閣設立議院所致。君主固可端拱望成，國家亦可久安長治。願諸公贊成袁某之言。」當下慶王、袁某聽得慶王子所說，都點頭微笑。袁世凱又道：「畢竟見過世面的，見識不同。今王子所發議論，實宗室中錚錚皎皎。」

那時各人都不發一語，單是醇王怒不能忍，先向慶王子道：

「方才作的說話，單是袁某合說的，如何你也說此話？」說了，便又向袁世凱道：「請問足下新設內閣用人之法。」袁世凱道：

「設總理大臣一人，副總理大臣一人，總理國政。此時組織政黨，倘或政治失機，內閣可隨時更迭，自不致有政體敗壞之虞。且內閣責任為立憲國所必要，想是王爺所知，又何必問。」

醇王道：「我知道此事為足下所贊成，因內閣若成，政權可在足下手上，任如何播弄，亦無人敢抗了。但中國開基二百餘年，許多宗室人員，承繼先勳，得個襲蔭，未必便無人才。

斷不把政體放在你手裡，你休要妄想。」袁世凱道：政黨既立，自然因才而選，斷不能因親而用。若雲立憲，又欲使宗室人員盤踞權要，不特與朝旨滿漢平等之說不符，且既雲立憲，亦無此理。」醇王怒道：「什麼政黨，你也要做黨人？我偏不願聞那個黨字。你說沒有此理，我偏說有的，看我這話驗不驗！你不過要奪我宗室的政權罷了，我偏不著你的道兒。」

袁世凱亦怒道：「王爺你如何說這話？只說要建內閣。並不曾說我要做內閣總理大臣，奪你們什麼權柄？王爺此話，好欺負人！」醇王道：「有什麼欺負不欺負，你做那直隸總督，喜歡時只管做。若防人欺負，不喜歡時，只管辭去，誰來強你！」袁世凱此時更忍不住，便道：「今日只是議政，並不是鬧氣。

但我不得不對王爺說，我做直隸總督，沒什麼喜歡不喜歡。若王爺不喜歡我做時，只管參我。」醇王至此大怒道：「你量我不能參你麼？我不特能參你，我更能殺你，看你奈我什麼何！」

說著，就在身上拿出一根短槍出來，擬向袁世凱射擊。各人無不吃驚，或上前抱定醇王不令放槍，或將醇王手上的短槍奪去。

醇王猶悻悻道：「我必把你殺卻，方行議事。」袁世凱亦怒道：「汝那裡便能殺得我？不過演些野蠻手段。成個什麼議會的樣子！」說了，醇王只是怒氣相向，袁世凱也不相下。

慶王道：「今天只是議政，如何便鬧出這般笑話。老夫也不願看了。」說著即出。便有做好做歹的，把兩人勸開。一面又有人說道：「袁公本一片好心，思為國家改良政體，本無他意。在醇王爺未嘗不同此心，或因讒言所間，亦未可定。自後當無芥蒂。前事也不必提了。」醇王聽到「或因讒言所間」一語，也不免愧怍，且又見慶王悻悻先去，亦覺自己太不為慶王留體面，似不好意思，況自己舉動，亦太過孟浪，便一言不發，無精打採去了。袁世凱卻對各人說道：「不料今日乃見此事。

傳出去各國聽得，只留個笑話，樂得道中國大臣的野蠻罷了。某今後亦不願與聞京中內政了。」說罷，欷歔一會，各人倒勸慰過了，慶王子便牽袁世凱齊出，各人亦不歡而散。

次日，袁世凱辭過慶王，要回任去，當面訴一番不平的話。

慶王亦為安慰，袁世凱即回北洋去了。　來在京受了醇王一口氣，二來回到署中，已失了媛媛一個如花似月的美人，終日只是悶悶不樂。各屬員到來回覆公事的，只隨便應了。各屬員倒知得醇王拔槍的事，倒替袁氏不平。那袁世凱每日見屬員，都道：「自今以後，任國政怎麼腐敗，概置不理。」但總礙不過慶王情面，偏又事有湊巧，那日又議將滿洲三省改為行省，要撤了將軍，改設督撫，因此慶王又請袁世凱入京會議。袁世凱初也不願去，那慶王亦恐袁世凱積憾不來，便令自己兒子往北洋解釋前日嫌疑，并同袁世凱人京，好同議各政。

那日慶王子到了北洋，袁世凱就傳幾個屬員招待他，好陪他談話，便又生出一件事出來。因那慶王子本是個志趣風流、性情跌蕩的人，談到風月場中，自然適投所好。就中如道員段芝貴，在天津辦理巡警多年，頗有成效，久為袁世凱所賞識，自己正要謀個升階，不如在王子跟前極力周旋，先下個種子，然後託袁帥向王爺面前一說，自有王子贊成自己，料無不合。

所以故意將風月事情鋪張揚厲。慶王子聽得，已心花亂放，猛想起袁世凱說過，從前買過了一個南妓，日前歿了，也不勝悲悼，並說得南妓的聲色，為各省所不及，便向段道問道：「天津現有出色的南妓沒有呢？」段芝貴道：「有是有的，唯若不是大爺先說，卑職卻不敢說出。」慶王子道：「這時不算得是公事，盡可略去尊卑之分，說說交情便是。花天酒地，玩下也不打緊。」

段芝貴道：「大爺說得是。現新來了一個南妓，喚做楊翠喜，豔名久著。若論他的容貌，即在古來百美圖中，怕尋不出第二個。他唱曲子，不論什麼聲喉，並皆佳妙。想大爺見了，定知卑道之言不謬。他近來更工於登場唱戲，一穿戴了優孟衣冠，無不聲情畢肖。

他唱那《翠屏山》一出，報紙上早已傳頌殆遍，想是大爺知得的。今他日前已到了津門，就請同大爺一同前往賞識賞識，未審大爺意下何如？」

慶王子聽了大喜道：「如此甚好。但兄弟忝為尚書，若到那裡遊蕩，官方上總說不去，不如隱過名姓不提罷。」段芝貴聽了，故作掩耳，細想半晌才道：「大爺之言，自是有理。但那楊美人比不得別人，他往來的，若不是名公巨卿，那裡到得他門裡？怕他不知道大爺是什麼人，盡不大留心，風景就不像了。不如大爺故作不提，待卑道對他細說大爺是什麼人，並囑他不要對別人說便是。」慶王子聽了，不勝之喜，便一同換轉衣裝，同到楊翠喜那裡。

那楊翠喜知道他是當今王子，又正任尚書，權勢暄赫，自然極力奉承，周旋談吐極其風雅，弄弦唱曲更為留心。那慶王子先時看了他容貌，已是傾倒，及聽他唱曲，益發心醉。那夜先在楊翠喜寓裡談個不夜天。自此也常常來往，大有流連忘返之勢。更感激段芝貴不已，便謂段芝貴道：「老兄高才屈在下僚，大為可惜。此後當為足下留心，倘有可以升遷之處，無不盡力。」段芝貴道：「某不才，愧蒙大爺過獎，何以克當。但北洋袁帥曾對小弟說得來，他說像小弟本合居方面，只恐被人議論結援樹黨，故不辦提保，每為小弟嘆息，勸小弟耐守。故小弟以為士得知己，可以無憾。今又得大爺獎頌，自後定當發奮，以報知己。」

慶王子大為歡喜。次日，段芝貴又拜謁慶王子，王子道：「自見了楊美人，耿未忘心。惜我身為貴冑，動多拘束。」說罷仍復搖首嘆息。段芝貴默窺其意，便道：「現已有旨，且準滿漢通婚，無論什麼女子，皆可納充下陳，那有拘束的道理。若懼人談論，請大爺先自回京，卑道自有法子。」慶王子點頭微笑。

去後，段芝貴回想此事，盡要告知袁督才好，便到督署來，先隱過楊翠喜之事，卻道東三省現改行省，將來三省必各設撫臺，統望大人留心提拔。袁世凱道：「你只是個道員，怎便能做得巡撫？」段芝貴道：「昔李鴻章、郭嵩燾，皆以道員補巡撫，何況今日破格用人，是在大人留心耳。」袁世凱想了想道：「足下本有點才力，本該援引。你可在慶王子麵前說說，若得他贊成，某無不盡力。」段芝貴大喜。辭出後，便決意買了楊翠喜送給王子，然後說項。正是：

此心欲得為巡撫，妙計先思獻美人。

要知後事如何，且聽下回分解。

第十八回　出京門美人悲薄倖　入樞垣疆吏卸兵權

話說段芝貴決意取贖楊翠喜，為送給慶王子之計，那日先尋楊翠喜，先述王子仰慕之意。楊翠喜猶在半疑半信之間，卻道：「子女玉帛，王府中充斥下陳。妾不過路柳牆花，豈敢妄作攀龍之想，願大人毋作戲言。」段芝貴道：「並非戲言。王子自一見顏色，其傾慕之心，亦曾對某說及，只懼身為貴冑，一旦攜妓人京，懼遭物議。今某思得一法，願價贖美人，納諸王府。卿若允肯，轉手可以成就，未審尊意若何？」楊翠喜道：

「妾若得置身王府，似是萬幸，但恐日久厭生，或色衰愛弛，那時侯門深入，又如何是好？」段芝貴道：「卿此言亦太多心，以卿芳容麗質，一時無兩，不患王子不加寵愛。且卿若到王府中，此事在王子斷不敢告人，自然要買結卿心，那時自可事事如意，斷不至有失寵之時。故為卿計，實不可多得之機會，幸毋錯過。」楊翠喜聽得大喜。

段芝貴問妥翠喜後，即先自回去。不多時，已有王子的親信人到來，問楊美人訊息。

段芝貴道：「事無不諧，但鴇母知為王於所愛，索價故昂，弟若做了此段人情，將不免破家。不知王子那裡，後來肯為援手來否？」來人道：「足下真是多慮，某料此事若成，旦暮間將任疆吏矣。日前袁北洋在王於跟前，力言足下大才，屈居末秩實為可惜。故王府裡早有心提拔足下，若更益以此段交情，自萬無一失。且足下之言在前，若反悔在後，不為王子羅致佳人，反觸王子之怒，於足下前程，亦有關係。尚祈思之。」段芝貴覺得此言真有道理，又知來人必為王子親信之人，便託他斡旋一二亦好，便道：「適聞大教，益弟不淺。更望足下在王子跟前力為設法。他日得志，扶搖直上，皆足下之賜也。歲當具禮，以報大德。」說了又囑他道：「足下且回去，數日間事必妥矣。」

來人領諾去後，段芝貴再尋楊翠喜，又述及王子使人到來，詢及此事。他的意思，以為見得王子殷勤，顯然是愛慕楊翠喜，好使楊翠喜安心。唯他的鴇母聽得原委，知道段芝貴料已應允王子，要贖翠喜獻他為禮，料不敢反悔，便故高其價。並囑楊翠喜，若段芝貴來說身價時，只推與自己關說。段芝貴亦以事不容遲，便尋那鴇母關說。那鴇母是個狡猾成精的，到那時自然要居為奇貨，因此開口便索價十二萬金。段芝貴聽了大驚道：「如何一個女子，要到十來萬金的價錢？實千古未聞的。」鴇母笑道：「古人說得好，千金只買一笑。難道一個如花似月的佳人，就像買貨物的，把價錢添減來去，成個什麼樣？況是大人身分，就不同那幸兒，輜銖計較。今老身著實說，取回價銀十萬金，便把老身的錢樹子拔去，若是不然，可就難說了。」

段芝貴道：「我不是錙鐵計較，但十萬銀子，來得太過厲害，傳出去，被人笑話。」鴇母笑道：「大人又來了，老身若有一株錢樹子在身邊，一年進二三萬不等，三五萬亦不等，是兩年間，已得回十萬了。今若失了一株錢樹子，得回十萬金，每年應值利息不過數千元，比較起來，老身吃虧多了。只為著大人面上，將將就就罷了。十萬銀子卻少分毫不得。若大人不允，也莫怪老身衝撞，只當大人不識趣頭，就作罷論。」

段芝貴想了想，覺這虔婆成了精，拿定自己必要贖他女兒的，卻硬索許多價錢。欲不要，怎奈已應允王子；欲要時，又從那裡籌一萬金呢？正想得出神，鴇母又道：「莫怪老身再說，大人得了這個美人，怕不一月間早做到封疆大吏。是費了十萬，便得個督撫，也便宜了。那時有這個官位，怕是百萬金也籌得轉來。」段芝貴聽到這裡，覺鴇母直提出自己心事，當初贖來送與王於之語，也不合說出，今料不得再減，已沒得可說了，只得應允。即囑楊翠喜不必應客。回來也要打算銀子。

但究從那裡籌得這十萬銀子，便拿著即用道巡警局總辦的銜頭東移西借。先向一人，喚做主文泉，向在天津經營錢莊生意的，手上本是個有錢的大商，又與段芝貴向有來往，故向他借了七萬金，湊共私囊存有三幾萬，便湊足兌付，交鴇母去了。

並囑鴇母不要把此事聲張，即取了楊翠喜回來。先訴說道：「某此次取得美人回來，某已竭盡力量，實不過為後來圖個好處。望卿到王府裡，務求向王子說句話，提拔提拔，就不勝感激。」

楊翠喜道：「大人的來意，妾也盡知。不知大人要如何方能滿足？」段芝貴道：「現在東三省方改行省，將來有三個巡撫職位，某已對王子及袁北洋說過，早有的意思。若得卿在王子跟前再說，自無不妥。」楊翠喜應諾。段芝貴便使人悄悄送楊翠喜到王子那裡，自謂沒人知覺，只安坐聽候升做巡撫也罷了。

果然翠喜到了王府中，大得王子寵幸，已感激段芝貴不已，便一力在慶王面前保舉，說那段芝貴的本領，好像天上有地下無的一般。不數日間，早有諭旨降下，把段芝貴升署吉林巡撫去。那段芝貴好不歡喜，即到京城拜謝王爺王子，又拜過賓客，連日酬應紛繁，因那時已下諭以段芝貴署理巡撫。段芝貴正洋洋得意，正恨自己升巡撫的事，不得盡人皆知，以為榮耀。

不想俗語說得好，好事人不聞，醜事傳千里，京中內外，倒見得段芝貴以一個道員，驟然升了巡撫，沒一個不詫為奇事，少不免查根問底。有知其事的倒道：「近來升官的法子，真多得很，只道金錢可以通神，不想美人關還厲害呢！」那些鴇母，又以妓女嫁得王府，固是榮幸，更以一個妓女值得十萬銀子，倒傳為青樓聲價，便一傳十，十傳百，連京津一帶，都把美人計賺得做了撫臺的事傳遍。段芝貴還不覺得什麼風聲，卻先有屬員把這點訊息傳到袁世凱耳朵裡。袁世凱恐此事有些不妙，只催段芝貴快些赴任，免有中變。

那段芝貴以為朝諭已降，還有什麼中變？一來因買贖楊翠喜的事，籌款之力已經盡了，這會又要籌款送禮於京中大僚，好結為內應，又要籌款赴任，如何便能啟程？故雖袁世凱如何催促，只是一天緩一天。滿意設法帶幾個人赴任，想世人升官之念要緊，欲隨自己到省領差使的，沒有不願借款與自己的道理。也天天只在這一點著意，不想初時升做巡撫的諭旨一下，還有多人到來奔走，冀圖帶省委任，唯後來也漸漸少了。心中正不知何故，不料人言嘖嘖，倒道：「有這等運動升官的法子，還有什麼官方，還成什麼國體！」便激動了一位都老爺出來，參了他一本。那位都老爺，姓趙雙名喚做啟霖，乃湖南人氏，平生也有點子直聲，後來考得以御史記名，即補了缺，不時上書言事，還切直不過。所以他雖然是一個五品言官，等閒的大僚也不敢惹他。偏又湊巧，恰那時岑三又由川督奉調人京，他與慶王父子又不大對的，也不免授意於趙啟霖，一力慫恿他，速遞那一本參折。自此折一上，把內中情形和盤托出，軍機倒知道了。慶王又不免向自己兒子責罵。

慶王子沒法，迫得出京向袁世凱求計。袁世凱道：「老段辦事總不得法，一點事兒，弄得到處皆知。某料此折一上，因此事不比尋常，實是大壞國體，朝廷一定大怒。今番大爺總要自己打算，不要再顧老段了。」慶王子道：「這個自然。自謀不暇，何暇謀人。但自計亦不曾有法子，統望老哥指教。」袁世凱道：「某料朝廷必派員查辦，無論派什麼人，他到津時，第一定替大爺說項。但楊美人倒要先令他暫時出京，滅了形跡。

那時任說老段有十萬金買妓的事，沒有憑據是送給自己。只老段那一個撫臺總做不成了。」慶王子聽了，仍有不捨送楊美人出京之意，只躊躇未決。袁世凱道：「大爺倒不必思疑，總要替尊父留點面子也好。不是教你永遠棄此美人，但自下除了此策，更是難說的；待這美人出京後，至查辦的到來，弟再隨機應變便是。」

慶王子沒奈何，只得急即回京，對楊美人告知：「段撫臺已被御史參得厲害，今番朝廷一定生氣，都為著你的事情起的。」才說到這裡，在慶王子還未說完，那楊美人即道：「既是他被參，大爺盡要替他設法。妾非他，無有今日，望看妾情面，保全他那個撫臺地位罷。」慶王子聽了，又好惱又好笑，卻道：

「你好不懂事，怕他不做那個撫臺，還小得了事，還要保全他要做撫臺麼？況那位御史是說不得情字的，他的參折，還牽涉我自己，我如何能替他設法呢！」楊美人道：「可就奇了，大爺父子在朝，那一個不怕，誰敢在虎頭上來捋鬚？那位御史難道有七個頭八個膽，敢犯大爺？不過大爺推搪罷了。這樣是使妾無以對段大人，反是恩將仇報了。」說著，滿心不快。慶王子又道：「你真不明我心的，自從那御史遞了本參折，我早被父王罵了個不亦樂乎。你試問我父王倒生氣起來，我還有什麼法子可設？我早跑了出京，尋那袁世凱商量，求他設法。他說段某那個撫臺是斷斷保不住的，但朝廷必派員查辦此事，不論派什麼人查辦，袁某也肯向他說項，把案情弄輕些；還教我把美人暫送出京，待風潮過了，才回轉來，這樣說，我自己還自不了，怎能計及老段呢！」說罷嘆息一番。

楊翠喜聽到這裡，覺慶王子所說，像不是說謊的，才驚道：

「大爺說什麼話，連妾也要驅逐出京麼？我不信你個有手面的人，還保一個女子不住。想不過始亂終棄，就借頭借腦，賺我離去罷了。」說了大哭起來。慶王子意自不忍，只得撫慰了一番。又道：「我那有厭你的心，不過事情至此，實無可如何。況把你暫時離開，又不是永遠不接你回來的，只求眼前避去旁人的耳目，不久也迎你回來這裡的了。你盡要體諒我的苦心才好。」楊翠喜道：「大爺既說被你父王責罵，難道是將來迎妾回京，就不受父王責罵嗎？你既是怕你父王的，那裡還敢再迎妾回京？看來只想騙妾離去此間罷了。」慶王子道：「難道要剖了我的心出來，給你看過，你才信麼？試問我迎你來京有多少時候，斷沒有住了幾天就生厭的。你若不信時，終累了我，日後彼此都是無益呢。」

楊翠喜到此時，覺慶王子的言，已像十分情急的，再不好不從，便又說道：「你若將來真個再迎妾時，怕你父王又要責罵，卻又怎樣呢？」慶王子道：「父王不過為那參折牽涉於他，故一時之氣，把我來罵。若事情已了，斷沒有再理的。且那位御史，目前雖被他參了，將來盡要報復他。自此誰敢道我一個不字？故你我兩人，若要長久，盡要聽我的說話才好。」楊翠喜此時方拭了淚，依慶王子所囑，收拾些細軟，打點離京。慶王子又贈他許多金寶，好安慰他的心。又敦囑他到天津時不要張揚。楊翠喜一一應允。然後慶王子使心腹人，直送他到天津去了。

果然不上兩天，朝廷早派出丞相孫家鼐查辦此案。那時孫家鼐覺此案料不能隱瞞。若據實發將出來，好令慶王面上過不去，且慶王當時正執大權，炙手可熱，又不好結怨於他。真是左右為難，沒可設法。只得與袁世凱商量個法子，避重就輕，只說：「段芝貴是有點才幹的，故慶王委任於他；慶王子實無系送歌妓之事，不過段芝貴得了撫臺，欲送一個女於給慶王子為妾，也是有的；更說那女子亦不是十萬金買來。」這等說，總不外事出有因，查無實據。後來以段芝貴行為不好，撤回委任巡撫之命。慶王子又自稱畏避人言，先自辭職去了，好免人議論。可憐段芝貴枉費了十萬銀子，終不得一個高官到手，實在可笑。遂把天大的案情就了結去了。

其後軍機裡頭各大臣，都體慶王面上，把御史趙啟霖遣回本籍而去。慶王子又已辭職，自然沒什麼畏忌，不消一月，重營金屋，也再迎楊翠喜入京。唯一面安置段芝貴，使他放心，待有機會，再為報答而已。後來仍不時謀委任段芝貴一個要差，這都是後話不提。

且說袁世凱自經過段芝貴一事以後，各人議論更多，都以段芝貴是袁世凱手下的人，老段運動做巡撫的事，也疑他是主謀的，總不免或具折參劾，或於召見時，面參袁世凱權勢太重，不一而足。袁世凱聽得這點訊息，自想：「權高多忌，計不如開去些差使，一來免被嫌疑，二來又可省自己不致太過辛苦。

況且鐵良要攬兵權已非一日，且當時各部改過名目，稱是各專責成。」便先遞了一本折，稱自己才力微薄，不能兼統重兵，且以陸軍部改立，自應由部管理，以符定章等語。自此折一上，鐵良好不歡喜，天天到軍機運動，要將袁世凱這一折批准。其手下如良弼、鳳山等，想在軍機裡頭求個優差的，更為著急，都幫著運動。故軍機裡頭，第一是醇王要解他兵權，餘外亦多嫌袁兵權過重。唯當時老太后尚在，覺鐵良之才，恐不及袁世凱，況各鎮由袁世凱手上訓練，亦不便遽易生手；只以袁世凱兵權過重，亦不可不慮，便令把第二、第四兩鎮，仍由袁世凱訓練，餘外統歸陸軍管理。此旨一下，鐵良自然歡喜。正是：

耳內未曾聞戰事，手中今又綰兵權。

要知後事如何，且聽下回分解。

第十九回　息風謠購槍驚各使　被讒言具表卸兼差

話說袁世凱既卸了四鎮兵權，仍擁各項要差，兵勢仍不少衰，故此內外大員，仍奔走如故，凡有國家大政，那慶王還不時請袁世凱入京商議。唯解散大半兵權之後，各國倒有些詫異，以為中國今日治理陸軍，除了袁世凱，本無第二個人，何以忽然減削了他的權勢，也竊竊私議。更有駐京各國公使，亦有到慶王那裡探問原故。慶王答稱，因官制改成，故將各鎮陸軍隸歸陸軍部統轄，別無他意。各公使終不以慶王的話為然，又問他既然是改定官制，要將各鎮軍兵隸回陸軍部管理，就可以用袁世凱做陸軍部尚書，偏又不然。只怕那鐵尚書的才具，終有不及袁世凱的，恐於軍政裡頭有些不妥。說了，慶王沒得可答，只稱用人之權，出自朝廷這兩句話。各使疑終不釋。因此東西人士，揣測更多。不過數日間，英京《泰晤士報》就刊出一段新聞，標出題目道是：「《中國維新之大概》。唯那段新聞內容卻道：

中國革政之情形，自表面觀之，似有進步之象。然細察其實情，則尚未可恃也。據近日訊息，頑固腐敗之官員，復攝大權，而主張維新之卓卓者，為袁世凱、唐紹儀等，則漸失勢力。欲於此時卜中國維新之事業，恐尚須經歷多年之劇烈戰爭，方能達其目的也。

忽而揚言維新，忽而主張守舊，莫衷一是之慶王及外部尚書，守舊之瞿鴻機，仍令為軍機大臣矣。以廣西巡撫林紹年，素為慶王之附庸，今亦入軍機矣，榮慶早簡為學部尚書，載振派為農工商部尚書，鐵良又簡為陸軍部尚書，薄廷為度支部尚書，陸寶忠為都御史。

以上各員，多系滿人，且其中有最頑固者。此等人才，於中國之維新固無裨益。而袁世凱經二十人之力，參劾其妄改官制，已將所統陸軍數鎮之權力，削其大半。

而今後兵權當不在於袁手，而在無知之鐵良矣。載澤本主維新者，今只授以無關輕重之職；外交家之唐紹儀，亦已改授為傳郵部侍郎，唯赫德已為郵政總理，故唐紹儀只擁空名而已。其最失望者，則為各省將軍及舊有之旗兵，仍各耗俸糧，並未裁撤。故清國維新之前途，甚為可慮也。

自這一段新聞刊出，駐京各使都接有各本國政府的電詢，問中國情形，喧成一片。因《泰晤士報》是地球上報界占有大勢力的，它的議論一出，各國倒信清國不是真正維新，只是混鬧，大有輕視清國之心。

更有些駐京公使，往袁世凱處探問朝廷意旨，因何要削袁世凱的兵權。那袁世凱是個機警的人，就知各使來問，必有些意思，便答稱：「並非要削兵權，不過新改陸軍部，故將舊日練成的陸軍，歸他管轄。現在還要增練陸軍，務使三年之內，在國中要練足陸軍一百萬，然後議及海軍」這等語。各使聽得，都在半疑半信之間。去後，袁世凱自想：「各國因此次自己減少兵權，便如此議論，只怕此後外交，又有些棘手。」

故自此接見外人，必商及購辦槍炮之法，研究那一國、那一廠為最精，以為虛張聲勢。因此在天津各洋行的總理人，天天奔走直督衙門，運動袁世凱，冀他向自己購買槍炮。袁世凱知各洋行著了自己道兒，故所有各樣行總理所運動的，部不應允。

那日獨自入京，先見了慶王，具述此次因減去兵權，各國疑惑之處，又述各洋行的總理，到來運動。

然後把已意告知，即往見德國公使，專談購槍之事，要向德國克虜伯廠定購，計要毛瑟槍一百萬枝，大砲一百門，俱要上等貨。德國公使也不知袁世凱用意，以為真個購辦槍炮，便道：「聞閣下已卸去大半兵權，何以又由閣下手購許多槍炮呢？」袁世凱道：「此不過把練成之兵，交由陸軍部管理。今須由弟手重新再練陸軍一百萬，支配各省。故槍炮須先行購定。」德公使此時也信以為然。但暗忖：「訓練陸軍一百萬，所費不貲。如此鉅款，中國究從那裡籌劃？」因此也有運動袁世凱向己國借款之意，便問道：「如此甚好。但所需鉅款，現時究籌有的款不曾？若要籌借外債，弟必為盡力。」袁世凱道：「此次籌款，也不勞費心。

現定練軍款項，分為四宗，以一宗由各省攤派，以一宗由直隸募公債及度支部籌撥，餘外兩宗，倒由老太后撥發私儲及內務府撥出。故款項先已籌定，然後小弟方敢下手。務求貴大臣，向貴國各廠核實價目，不要浮開。他日成軍，當感激貴大臣不淺。」德公使聽了袁世凱一番言語，便信購辦槍炮之事為確切不移，便應允必為盡力。袁世凱也稱謝而退。次日又再會德國公使，都是談論購槍的事，一連會議了三四天，然後回任。

那時，德使自然召集本國寓京津的商家前來商議，打算要替袁世凱購辦洋槍一百萬枝，大砲一百門，看價目貨式如何，好回覆袁世凱，即行購辦，免被別國人攙此利權。因此各德商也打算此事，以為攬得大宗生意，自然歡喜。因在中國是袁世凱經手，在本國是公使經手，沒有不信以為真的。正擬會合各德商，聯同代辦，免致彼此競爭。

唯自此風聲一出，各國無不震駭，以為中國不知有何舉動，要急練百來萬的陸軍，都互相傳述。在袁世凱聽得，也不免暗笑。因為自己失了四鎮兵權，各國詫異，言三語四，故出此一策，好來戲弄各國。不料各國也被自己戲弄上了。自不免與幕內各員談及此事。那些幕友道：「大人此策，不怪各國相信。但將來沒有實事，卻如何回覆德公使，卻不可不慮。」袁世凱道：「此並無難處，我早已對慶王說過來，只有延緩的法子，便可以復了他。」

在袁世凱雖如此說，但北京裡頭，那些宗室是最多疑忌的。聽得各人傳說，是袁世凱向德國克虜伯廠定購快槍一百萬枝、大砲一百門，究竟因什麼事？又不是朝廷著他購辦的，便是由國家購辦，也不至要用一百萬枝之多。想其中必有原故，況他是親向德國公使關說的，料沒有虛偽。難道袁世凱因被朝廷削了兵權，故懷怨望，另有些舉動不成？

這點風聲，飛到鐵良耳朵裡，鐵良益發驚駭，便往見德國公使，問袁世凱曾否到來定槍。德使答稱「是是」。旋問鐵良，是否中國要練足陸軍一百萬。鐵良覺朝中並無此事，但袁世凱如此說，不好向德使說破，只好由自己內裡打點，便順口答了一個「是」字。

旋問德使道：「袁世凱到來定購槍炮，是說辦往北洋，抑仍歸陸軍部購辦呢？」德公使又道：「他並不曾說過，只稱已籌有的款，不勞借債。又不曾說槍枝到時，運往何處。只託本大臣與敝國商行核實價目，即行定購罷了。」鐵良聽了，更為疑惑，但不好向德使說出自己心事。只得告辭而出，即尋醇王，說知袁世凱購毛瑟快槍一百萬枝的事。

那醇王是個年少的人，一聽此話，即如憤火中燒，直入宮裡，求見太后，把袁世凱舉動，向太后面奏。

時太后聽得，本不大信，因袁世凱不是個愚拙的人，他若有不軌的心，自然好生祕密，斷沒有親到京裡與公使面商購槍的道理。但醇王說得十分確鑿，並言是鐵良面見德使，親聽德使訴說的，沒奈何，只答稱：

「待查過確實，倘有此事，定要處置他。但不要聲張，傳出去盡有不妥。」醇王唯諾而退。

太后即召慶王進宮獨對，問袁世凱是否有自行招兵購槍之事。慶王聽了，就知此事有些原故。因袁世凱先已對自己說來，便把袁世凱假託購槍的用意，一一說出，並道：「外人不知中國改定官制之意，以軍政大事，忽然以鐵良代袁世凱，遂起謠言。故袁世凱不惜躬犯嫌疑，自稱再練陸軍百萬，所以穩住外人之心，並無他意。」太后道：「我亦料袁世凱斷無他意。

他若懷了不軌之心，何至明目張膽，與德使商量購槍。

今聞賢王所言，更不必思疑。」慶王道：「太后明見萬里，袁世凱當永為感激。」說罷辭出，即以此事告知袁世凱。

那袁世凱聽得，不覺嘆道：「某不過藉此欲戲弄外人，不想又為小人所伺。今後種種掣肘，辦事益難了。若非太后明白，某今番如何得了！」想一回，又嘆一回。再忖：「自己是個疆臣，唯內政大事，某必預聞，無怪招妒。且各項要差，皆在自己身上。小人求差不得的，必以自己為眾矢之的。計不如卸去各項要差，自削其權，免為小人藉口，豈不甚好。」說罷，便不待商諸幕友，即行執筆擬起奏稿，專請辭差。那奏稿道：

奏為瀝陳下情，籲懇恩准開去各項兼差，以專責成而符新制，恭折仰祈聖鑑事：竊臣前以兼差太多，力難兼顧，曾疊請分別開去兼差。屢奉溫語，慰勉臻至，震悚莫名，臣復何敢固辭，上瀆聖聽。伏念臣世受國恩，及臣之身，叨荷愈重，特達之知，非常之遇，眷注彌篤，倚畀愈隆。臣雖至愚，天良具在，當以有生之日，皆圖報之年，即蹈湯赴火，肝腦塗地，亦不足為萬一之酬報。重以時局艱難，深宮焦勞，未嘗或釋，凡屬臣下，皆當感激努力，以慰宸衷。況受恩如臣，何敢辜負生成，稍涉規避？是以鞠躬盡瘁之思，不特安逸所不敢圖，即譭譽亦不敢計，但為管見所能及，棉力所能勝者，靡不竭慮以圖。無如心雖有餘，力常不足。

臣之才智，不逾中人，臣之氣體，更甚羸弱，近歲迭膺艱鉅，精力更遜於前時。矧天下之事理無窮，一人之智慧有限，故數載以來，臣之負咎，當已多矣。

不特此也，自古權勢之所集，每為指摘之所歸。今當聖明在上，眾正盈廷，本無庸過慮；唯臣向以愚衷自矢，夙蒙聖主優容，信任不疑，自當力任勞怨。而臣獨不免私憂過計者，非徒以滿盈足戒，顛覆堪虞。良以國家方艱，大廈非一木之能支，巨川貴同舟共濟。

而深思靜慮，誰不如臣？若重寄常加於臣身，則疑謗將騰於眾口，使臣因此受貪權之誚，將無以自明，即旁觀亦因此啟猜疑之漸矣。昔曾國藩常奏稱『臣一人權位太重，恐開斯世爭權競勢之風』等語。臣區區之愚，竊亦慮此，則非止為臣一身計，兼為大局計，而不得不瀝陳於君父之前者也。

現值改定官制，明詔所布，首以專責成為言，仰見聖朝亮工熙績，綜名核實之至意，欽佩曷勝。臣以為欲專責成，須先明許可權，而臣所兼各差，如參預政務，如新定各部尚書之職銜，與各國之國務大臣居中任事者相類。臣忝為外僚末官，兼任如會辦練兵，及辦理京旗練兵等差，現在陸軍部已經設立，以練兵處併入，軍政所匯，責有攸歸，臣可無庸分任。如督辦電政，督辦山海關內外鐵路，督辦津鎮鐵路，督辦京漢鐵路各差，現在郵傳部亦經建設，電政路政，應隸屬該部，自無須臣督率經理。如會議商約一差，現在英、美、日本等國，商約均已議定，自後有轍可循，亦無須臣再參末議。以上臣所兼差共計八項，擬請旨一併開去。臣決非敢避勞耽逸，亦非敢避重就輕。以後無論何時，設有重大事宜，須臣贊畫，臣但奉命辦理，絕不敢稍為推諉。現在委因差務太繁，實非才力所能及；事權過重，復非臣下所敢安。用是不揣冒昧，披瀝瀆陳，合無仰懇天恩，俯允臣請，不勝感激。恐懼屏息，待命之至。所有微臣瀝陳下悃，請開兼差緣由，謹恭氣折具陳，伏乞太皇后、皇上聖鑑訓示。再臣前領有督辦電政大臣關防、督辦山海關內外鐵路大臣關防、督辦津鎮鐵路關防各一顆，俟奉諭旨後，即將各該關防一併移交郵傳部，酌量繳銷，合併宣告。

臣謹奏。

自此折一上，袁世凱先密告慶王，請他不必替自己挽留。因此，軍機中人，自然要卸去他的兼差，好削他的權力。若鐵良一輩，滿意要代袁世凱掌握權柄的，白見袁世凱上表請開兼差之後，更天天在樞垣運動，好將袁世凱辭差的摺奏批准了，那時自己的權柄方更重大。在軍機裡頭，亦見袁氏折中語氣，句句屬於實情，亦不必阻他。因此，會同詳奏太后，立時下了硃批，只得「著照所請」四個字，便將袁世凱向來所有各項兼差一概開去了。正是：

闕下方陳辭缺奏，朝中已遂集權謀。

要知後事如何，且聽下回分解。

第二十回　慶生辰蘭弟拜蘭兄　籌借款國民責國賊

話說袁世凱因為各位宗室人員所忌，迫得上表辭去兼差。當時朝廷已有旨發出，系「著照所請」四個字，便把一切差使統通開去了。那時袁世凱以為從此可以免得諸臣所忌，不想那時宗室人員，有許多恃著是天潢貴胄，一來以袁氏從前權重，不免睥睨儕輩，二來又有從前受過袁氏氣焰的，固樂於削他權勢，故到此時，雖減了兵權，開去兼差，猶若餘怒未息，更日肆謠言。有說袁世凱失了兵權，久懷怨望的；有說他今更因開去兼差，口出怨言的；更有說道他黨羽既多，且尚有兩鎮兵權在手，即現時改歸陸軍管帶的四鎮，內裡什麼統制管帶，那一個不是他心腹的人，若一旦因怨發難，怎能制他？因此，以為袁世凱那一人，正想范增論韓信的話：「用則用，不用則殺」這等話。你一言，我一說，大天謀不利於袁世凱。鐵良便與部下良弼計議，再要設法，一併收回袁世凱手上所存的兩鎮兵權。

第二十回　慶生辰蘭弟拜蘭兄　籌借款國民責國賊

原來那良弼亦是滿人，曾遊學日本學陸軍，已是卒業回來的。恰那時鐵良正謀爭權，良弼又正謀得缺，自然互相利用。

故良弼回國後，即投在鐵良門下。那鐵良全然不懂軍事的，因為恃著一個良弼幫手，懂得些日本陸軍形式，故敢天天紙上談兵，覬覦兵柄，其實一切計劃，都是良弼替他打算的，鐵良自不免寵絡良弼，是以不滿一二年間，不次升握。自改訂官制之後，更用他在部中丞參行走。及這時，更謀並收袁氏兩鎮兵權，急將與良弼計議。良弼道：「那袁氏本有點子才幹的，他沒有什麼馬腳露出，斷不能在太后跟前說他的短處。況他既為太后所愛，又為慶王所重，欲除去他，卻不容易。不如力說他是個得用之人，趁著新改官制，調他留京內用，是名為升他的官階，實則削他的權力，自可以從中掣肘他了。」

鐵良聽得，深以此計為然，便一面向醇王運動，使言於太后之前，力言袁世凱很有才具，方今改定官制，將行憲政，看朝中井無能事之人，不如以袁某人軍機，辦理一切新政，較為妥協。太后道：「此言亦是有理。唯袁某自總督北洋以來，尚稱平靜，若調他人京，怕北洋重地，沒有管理的人，卻又怎好？」醇王道：「北洋與京中，相隔不遠，有事盡可照應。且北洋一任，就令袁某薦人承乏亦好。」太后聽得，覺醇王所言，一片是重袁世凱的，自然沒有思疑。一來袁某在北洋，屢被人蔘他攬權結黨，若調他入京，免他踞住北洋，遍布勢力，自是要著；二來醇王曾與袁某爭論政見，致拔槍相向，今由醇王薦他人軍機，惜此融洽他兩人意見，亦是好事；三來袁某既在北京，又可隨時獨對，商議要政。因此也允了醇王之請，即行召袁世凱入京引見，先諭以辦理新政需人，要他在京統籌全域性，問他肯不肯。袁世凱自沒有不允的道理，但自忖：「在直督上，用去款項不少，雖是因公支用，但究未曾報部作正開銷。」因此心上不免躊躇，只得對道：「臣久蒙高厚，漸無報稱，今又以臣入贊樞務，自當感激發奮，安敢固辭。但北洋尚有經手未完的事件，恐人京尚需時日。」這等語。太后道：「無論什麼事，可交由下任的辦理。只恐能膺北洋重任的，究竟不易，就由卿薦賢自代便是。」說了，袁世凱謝恩磕頭而出。

到了次日，即有諭旨，以袁世凱為外部尚書兼軍機大臣行走。自朝旨發下，那個不知朝廷這會把袁世凱名為升官，實則奪權。唯是袁世凱心上，以為從前被人猜忌，只為兵權過重，今兵權已卸盡去了，還有什麼人讒間自己，反能認真辦事，不必瞻前顧後，因此反覺心安。一面上表謝恩，又計算那一個人，可能繼這直督之任。雖手下人物甚多，但有兩點難處：一來自己向來位置心腹人員甚多，盡要得個知己的人，做了直督，才能把自己所用的人，保全名位，實不啻為自己保全黨羽勢力；二來數年來練兵，凡是有用之才，有津貼的，有賞給的，志在結他心事，因此耗錢不少。至於招攬人才，舉辦各事，所有用去的，尚有數百萬。雖是因公用去，究不曾奏準歸部作正開銷。

看來又須得一個知己人員，繼自己之任，方能替自己彌補。左思右想，究竟其人難得。猛然想起楊仕驤那一人，是自己向來援引他的，自己從前又得他之力結識慶王，今日正該把這個地位薦他承受，且向日楊仕鑲服官直省，又與自己十分密切的。

料他又必能替自己清楚首尾，便先用密碼電商楊仕驤，言明欲薦他升任直督，卻約他兩事：一是自己所用的人，不要輕動；二是自己任上未清報銷的款，要他彌補，若應允時，就可立升直督，這等語。

那楊仕驤是個官癮最重的人，以為袁世凱是自己的恩公，本該替他彌補，況又得升直督，那直督一缺，是個最重要的缺位，有許多做了總督十餘年，且不能希冀的，今自己一旦由山東巡撫，直得升授，如何不允？縱袁世凱虧空甚巨，唯是直隸是個認真大省，料亦不難設法，便回覆袁世凱所約二事，都已應允。袁世凱便具了一折，力稱楊仕驤在直省服官多年，情形熟悉，且素有長才，堪膺此任，這等語。朝廷已有意令袁世凱薦人自代的，覽折無有不允，立即準奏。袁世凱一面打點交代，便人京到外部任事去了。

那時袁世凱既人軍機，雖是一個尚書，究竟辦事很有權力。因慶王系軍機領班，大權本在慶王手上。叵耐慶王才具平常，凡事都倚著袁世凱，故一切大事，轉向由袁世凱主持。故一般大小臣工，沒一個不趨承袁世凱。那時鐵良見了，暗忖：「自己謀使袁世凱入京，志在削他的權柄，今他反得權起來。」心上總不舒服，又要看著袁世凱的馬腳。那袁世凱又以自己前在直督任上，所有兵權倒被鐵良算弄出來，更不免乘機修怨。探得滿人鳳山，系在陸軍部做統制的，原是鐵良得力的手足，若調離了他，鐵良便少了一個羽翼。恰值西安將軍出缺，軍機裡頭，正要挑選人承乏，袁世凱便圈出鳳山一個名字請挑選。

果然次日諭下，以鳳山補授西安將軍。鐵良見了，也吃一大驚，正像失了左右手一般。細細打聽，方知是袁世凱作弄的。

迫得沒法，唯以鳳山在軍中，向稱熟手，但求緩赴新任。袁世凱又稱以鳳山授西安將軍，係為陝省練兵起見，要鳳山交代停妥，即行以程。鐵良復多方運動，方把鳳山暫行留京。

自此，鐵良更恨袁世凱人骨，誓要拿他的馬腳。恰那一日袁世凱五十整壽，所有大小臣工沒一個不致送壽禮。袁氏第宅，更鋪張起來，十分華麗。門前支搭蓬棚，盡填塞車馬；宅內皆懸掛錦幄，地上盡鋪墊錦氈；至於字畫玩器，也不勝其數；各廳事分中西兩式，擺設得十分齊整，預備同僚及各國公使參隨，到來祝壽。一連數日，都是接收壽禮，十色五光，不暇細述。

其中有些富豪官宦，望他提挈升官的，送禮更為優厚。有送禮一份，費去十來萬金的。若軍機四相，亦有帳聯屏軸之類，皆是金光燦耀。有稱門誼的、有稱姻誼的。若慶王子自從因楊翠喜一案發露後，也感激袁世凱替自己彌縫，已與袁世凱拜了把子，結為異姓兄弟，故那時致送壽聯，下款竟稱如弟。因此慶王子這一聯，頗攙人眼目。

因為慶王是個宗室至親，向例不能與外人結納私交。今慶王子對著袁世凱反稱起如弟來，如何不令人注意？當下袁世凱也不覺得，唯於各人禮物，來則受之，況是慶王於的，更不好卻意。且祝壽之日，中西人到來拜賀，已應接不暇，前後數天，都是擺壽筵，唱壽戲，分頭款待。若至外鎮督撫提鎮藩臬，亦有差人人京送禮祝壽的。故凡款宴賓朋，倒分數天。第一天款待各國公使及參隨，第二天是款宴京中一二品大僚，第三天才款宴外省來賓及自己姻親。故一連數天都忙忙碌碌，袁世凱也應酬得十分疲倦。數日之後，只令家人把一切擺設及各人送的屏聯帳軸也一併收拾好了，把慶王子稱如弟的事，倒不記憶。因為祝壽起見，請假了十天，到此時方行銷假入值。恰到軍機處裡頭，見了一本奏摺，雲是御史江春霖，參劾官制不善，並於附片專參自己的。袁世凱看了，心上也不免吃驚，只把他附片細細看下去，見他參道：

再軍機大臣外部尚書袁世凱，攬權結黨，內自北京，外而各省，門生故吏，布滿要津，久為同僚所側目。自由直督量移外部，方以為袁世凱兵權已解，朝廷杜漸防微，可免唐末藩鎮之禍，乃跋扈囂張，性仍不改。、此次五十整壽，備極奢華。內則王公大臣交相傾倒，放棄政事以踵門祝壽；外則督撫提鎮，輦貨來京，俱稱門生，如奉君父。凡賀壽者，天津、保定兩處購置，禮物為之一空；而侍郎唐紹儀、梁敦彥、趙秉鈞、嚴修及皖撫朱家寶，吉撫陳昭常，汁撫吳重嘉，更不惜以堂堂大員、屈身如奴僕，以奔走候命於袁氏之門。至若左都御史陸寶忠，副都御史陳名侃，且為袁世凱過付壽禮。其尤甚者，則宗室王公貝子貝勒，原禁與漢員私交，聖朝成訓，原以杜漢員奔競之風，而絕宗室苞苴之路。乃慶王子分屬懿親，於袁世凱竟稱盟弟。以宗室大員而趨附至此，其他可知。伏乞將袁世凱立行罷斥，以免後患，否則亦當稍裁抑其權勢，以免有尾大不掉之虞。臣遠觀前代，近觀現勢，夙夜祗懼。為杜漸防微銷患未然起見，謹不避斧鉞，附片以聞。

袁世凱看罷之後，自己也應迴避，不便向軍機處同僚談論此折。急回宅子裡，看看各壽聯，那位慶王於確是自稱如弟。心中自念：「此事恰發在楊翠喜一事之後，料得此折一人，必有諭旨責成慶王子，即於自己面上很有點關係。」及此折既人，過數天還沒訊息，還幸朝臣看著慶王體面，競留中不發，袁世凱方自心安。一面打探得此折又系鐵良主使，心中又憤憤不過。便欲設法治江春霖之罪。即過慶王府來，商議以洩此憤。慶王道：

「論起如弟兩字，不過是親切之詞，本沒什麼過犯。」袁世凱道：「那廝竟謂門生祝壽時，津保兩處，禮物購置一空，實屬言之太過。若不懲他妄奏，此後何以辦事。」慶王道：「此言誠是，但小兒與足下換帖拜把一事，如果明行宣布，恐不能不予以處分，是弄巧反拙了。」袁世凱道：現在新政改革，滿漢且準通婚，何況拜把，王爺盡不用過慮。」慶王聽了，仍恐太過招搖，力勸袁世凱不必理他，若揚將出來，反令江春霖那廝博個敢言之名，實在不值。袁世凱亦以為是，便不敢再提。

恰到了次日，朝上適召見軍機，太后沒一句話說，即把江春霖一折，給袁世凱看。袁世凱當時未敢奏辯，太后亦溫語說道：「你們位高權重，休要令人藉口才好。」袁世凱聽了，只碰頭而出，額上已流著一把汗。即回至掛甲屯衚衕宅子，左思右想，覺今天召見時，太后面色實在不同，料為江春霖所參之故。想：「那江御史，一來求升不得，二來又受鐵良運動所致，若不懲責他，恐他此後膽子更大，要天天窺伺自己，如何是好？」想到這裡，一團怒火自從頂門飛出。時正在庭前往來蹀躞，一時不覺，竟失了足，在階下撲了一跤，大叫一聲「哀唷！」右足已覺有些瘀痛。急喚了人來，把他扶起。這時已驚動家人，張皇起來，又不知受傷輕重，且他已做到這個地位，正是人貴則身貴，即使小小痛癢，家人且不免小題大作。況他無心一跌，傷勢自然不輕。家人急的尋醫合藥，好幾時，方略略減了些痛。

袁世凱一面具折告了操。時袁世凱的妻妾，以他無故被跌，正不知他因思想過步，無心失足，反迷信起來，疑家內有些鬼祟，都道這宅於不好住，便遷到錫拉衚衕宅裡。

自袁世凱既已告假，在家無事，每天仍有至交的朋友到來談話，有問疾的，有專要與他談天，解他寂寥的，也不必細表。

那一夜，已有二更天氣，忽門子呈上一個電影，說稱這人因有事，是要求大人賞臉傳見的。袁世凱看那電影，是「汪大燮」三個字。袁世凱知他是外部待郎，與己同僚，且屬心腹，今乘夜到來，必有事故，立即傳請進來。門子去後，不多時，已見汪大燮『來到廳子裡。時袁世凱腳患已經略痊，汪大燮仍不免問句安好。然後分賓主坐下。

袁世凱道：足下深夜到來，必有賜教。」汪大燮道：現在蘇杭甬路事，前經讓由英人興築，已立了草合約，也曾經盛杏蓀請英人廢約，奈英人不允，還照會前來，請修改正約，此是大人知道的。唯蘇杭人苦苦不允，紛紛打電到來力爭。你道怎麼樣辦法才好？」袁世凱道：「辦外交的很有點難處，論起這草約，本有廢棄的道理，況外人又遷延日久，還不興工，似無怪國民不肯承認。但國家裡頭，勢力現在微弱，若外人不再來索取權利，已是萬幸了，還那裡好把已經讓出的爭回？兄弟只怕失了外人之心，便是此事不生出意外，怕仍要惜點事，決裂起來，就不是耍的。據小弟愚見，總要想個兩面俱圓之法，可令國民滿意，不致令外人動氣，使彼此仍敦睦誼，免因此事失了感情，是最好的。」

汪大燮聽了道：「大人的話很是，但此兩面俱圓之法卻是不易。稍有一點吃虧，便貽國民口實，小弟實不敢自主。不知大人幾時銷假到部辦事呢？」袁世凱道：「現在腳疾已好些，待假滿必銷假了。此事盡有日子辦理，不知足下深夜到來，究是何意？」汪大燮道：「只為英使明天到部商議，故先來向大人請教。本欲向大人籌個辦法。今大人既日間銷假，小弟便不多言，當回覆英使，待大人假滿時再商罷。」袁世凱道：「如老兄有高見，也不妨直說。」汪大燮道：「不如免使英人修築，改為與英人借款自辦。這樣，也算廢了草約，又算是自辦，可免得國民藉口，且與英人借款，又不致令英人過不去。此即是大人說的兩面俱圓之法，大人以為何如？」袁世凱聽了，點點頭，隨道：「待弟假滿後再商罷。」汪大燮說兩聲「是，是」即辭去了。正是：

欲向洋商籌路款，頓教民庶起風潮。

要知後事如何，且聽下回分解。

第二十回　慶生辰蘭弟拜蘭兄　籌借款國民責國賊

第二十一回　拒借款汪大燮出差　遭大喪袁尚書入衛

話說汪大燮說稱與英人借款自辦，作為廢了草合約，袁世凱亦以此說為是。然自汪大燮去後，袁世凱滿意於銷假後到部辦事，即照此議做去，但念：「雖然與英人借款，只怕蘇浙人士仍要反抗，終沒有了期。總要尋點法子，令蘇浙人士說不得後話才是。」故於到部之後，即與汪大燮商議道：「現在外交，種種棘手，國民總不諒我們艱難。只望外人不再索權利就罷，那裡能夠把已讓的權利收回？今足下所議，改為借款一層，自是善法。因前者督辦大臣盛宣懷，辦事不大妥當，以至於此，今除了改為借款一層，再沒善法了。但怕蘇浙人仍有後言。總要想個法子，令蘇浙兩省人依從了之後，不能反悔才好。」汪大燮道：「大人之言，實見得到。唯是國民之心，不審交涉的煩難，只稱力爭權利，堅持到底。怕借款一層，國民依然不允，又將奈何。計不如先與英人商妥借款，然後告知蘇浙兩省。如再有反抗風潮，只說已經商妥，不能再議便是。」袁世凱道：

「這恐不能，怕那時國民又說我們掩住國民耳目，暗地把國權斷送了。今不如仍告知蘇浙人，以借款一層為轉圜辦法，叫蘇浙人磋議如何？且現在蘇浙人大股未集，借款兩字，或可從允。」

汪大燮仍不以為然，躊躇道：「若叫蘇浙人磋議，怕國民只把爭回權利四字做口頭禪，一經會議，人多口雜，又易反抗。以小弟愚見，今蘇浙人為爭迴路權四字，已立了團體，不如電致他們，叫他們選舉代表來京，與我們同見英使會商。待他們到京時，然後曉以利害，說稱借款一層，為不得已之辦法，再不能更改的，較易妥當。」袁世凱即點頭說了兩聲「是」。滿意即行電致蘇浙人士，使選舉代表來京會議，不想借款築路的辦法，自汪大燮見過英使之後，新聞已傳遍了，直弄得汪大燮等遮隱不得，即告知袁世凱。袁世凱亦大怒，以為國家交涉重事，未有成議的，只有點風聲，即被新聞紙傳播，辦事更大難了。

汪大燮便一力慫慂請袁世凱，立即要籌個限制報館的善法。

但當時已傳出借款一事，料不能隱諱，因此把電致蘇浙人士的電文，宣告已改議借款，修築蘇杭甬鐵路，即廢了從前草合約，並叫蘇漸人士，無論如何，請即派兩省代表來京，與英使會議，這等語。不料蘇浙人士得了這道電文，無不譁然，以為借款築路，以路抵押，將來興工行車購物及一切用人行政，都是受制於他人，是名為自辦，實不是自辦的了。就中就有爭路為首的幾個人，立開大會，研究此事。並請了在籍前任大學士王文韶及前任巡撫陸元鼎出來，大家會議。以外部以自己股本未集為詞，主張借款；今一面先行集股，一面於本省選舉總理人，決意自行築路。仍恐外部以為叫自己派代表入京，自己如不派時，反為外部藉口，故仍又一面選派代表，宣告代表人的許可權，只合會議廢約，於借款築路一層，亦不承認。那時外部袁、汪兩人，真無可如何。

且浙人當先行集股之時，旬日之間，已得銀數百萬，即行電告外部，以國民附股踴躍，決意自辦，又請王文韶電告軍機，請代奏，以漸人自辦，實有力量，不願借款。恰那時陸元鼎方應召入京，故又請陸元鼎面奏草約應廢，並以汪大燮為浙人，竟抗違輿論，主張借款，因此又宣布不認汪大燮為浙人，並電請軍機，革汪大燮以謝天下，這等事情。直弄得汪大燮無法，只望代表到京，把個為難的情形向代表細說，或可以遷就。

不提防等到代表到京之時，那些代表員到了外務部，那袁世凱以為汪大燮是個浙江人，於代表員必有點感情，說話較易，故令汪大燮與代表員相見。準各代表員到部時，見了汪大燮，已為眼中釘刺，更說不下去。並說道：「袁軍機是本部尚書，所有交涉，是他主政，應請他面商才好。」汪大燮道：「袁軍機現在身子不大快暢，難以見客。若各位同鄉先生，有什麼賜教，即向兄弟面談，自可以轉達的了。」各代表員道：「弟等為接到部電，要派代表來京會議。弟等不佞，謬承選舉，故不辭勞瘁，以公事要緊，千里來京。只道袁軍機有高見賜教，今反不得一面，是著代表來京，亦屬無用。」汪大燮道：「兄弟已承了袁尚書之命，故敢出來與各位相晤。倘若不見信，待兄弟回覆袁尚書便是。」各代表員道：「不是不見信，只怕汪大人妥商之後，袁尚書復有後言，是此次已多費唇舌了。」

就各代表員中，有一人恐汪大燮不能下場，亦不好意思，即道：「如汪大人既得有袁尚書所囑，若有高論，亦可賜教。

但事須迅速，因蘇浙已陸續集股，故弟等來時，定限留京十天，便要回省覆命，故方才所言，不過防與汪大人處談過之後，又要再晤袁尚書，太過耽擱時日，於弟等實有不便。如汪大人處，既得有袁尚書意思，準可賜教。」汪大燮道：「現在外交的煩難，是列位同鄉知道的。此案的錯誤，全在盛宣懷糊塗，留落這些首尾，令我們棘手。今外人只堅持不允廢約，經交涉數次，幾於舌敝唇焦，仍相持不下。若改為借款自辦，或可轉圜。除此外亦再沒有辦法了。」各代表員道：「某等蒙鄉人推舉，謬充代表，所有許可權，只能商議廢約，此外實非某等所敢與聞。」

汪大燮道：「某亦何嘗不望廢約，但外人堅持不允，亦無可如何。欲與之決裂，又自度本國勢力，不容易做到。因此左右為難，窮於應付。今所議雖為借款，但並非以路權抵押，亦是自辦而已。不知諸君何以堅執不允？」

各代表員道：「縱不是以路權抵押，但所購材料及聘用工師，不得自由，與失權何異？」汪大燮道：「諸君此言，似乎近理，唯有想不到處。今中國製造未廣，材料縱不購諸英國，亦必購諸外人；就以工程師而論，中國人才尚少，亦須向外國聘請，是並無吃虧之處，諸君當可釋疑。」各代表員道：「材料及工程師雖要靠外國，但使權自我操，材料可以擇價而購，工程師亦可由我去留，畢竟是不同的。」汪大燮道：「條約裡頭可訂明材料價值，不能較別國尤貴，即工程師如不稱職，亦可由我開除，如此並非受人挾制。若謂借款要吃虧傭錢，今我們已宣告，經手的傭錢仍歸公司，若謂借款必須納繳子息，想自辦的股本，亦何嘗不要納息？諸君細細研究，自可瞭然。在兄弟非必把持，以借款為是，但於萬不得已之中，故籌此一策。況兩省股本未集，今借款又得現成，可以立刻興工，借人之財，以辦我之路，有何不可？」

各代表員道：「借款兩字，流弊不可勝言，倉猝間難以盡述，總之損失權利，實所不免。若大人以集股艱難為慮，須知現在人情踴躍，旬日之間已集得數百萬。現今又分各府各縣擔任，想股本是不難的。」汪大燮道：「有無流弊，只看所訂條約何如耳。」各代表員道：「此話自然能說得出，但歷來交涉，時時說謹慎磋訂，實沒一事不吃虧，又安能保此條約，必無流弊。」汪大燮道：「此亦諸君過慮耳。且尤有一說，諸君以為人心踴躍，集股自易，但恐認股雖易，交股就難了。」

各代表見汪大燮說出此話，以為汪大燮太過小覷自己兩省，心中不悅，即道：「廣東人把粵漢鐵路爭回自辦，瞬息間集股四五千萬，難道蘇浙兩省之力，就不及廣東一省不成？」汪大燮道：「這卻比不得。廣東人以一時之氣，像與岑春暄賭賽一般，所以如此。若尋常集股，卻不容易。」各代表員道：「此次蘇浙人亦激於義憤，集股亦未嘗不易，汪大人處若不見信，請準由商辦，若辦事人集股不成，任從治罪亦可。」

汪大燮此時，覺沒得可答，只說道：「那有集股不成亦可治罪之理，但外人苦苦不允廢約奈何？」代表員道：「此是草合約，不是正約，不要混說。因草合約未經朝廷簽字，不能作正。以外人逾期不辦，先自背約，應可廢棄，作為無效。」汪大燮道：「我何嘗不知此理，但自念國勢力弱，一經決裂，必須言戰，實無可以抵禦之法。」各代表員道：外國只系商人謀辦此路，他政府未必為之興師。且他自背約，公法上實說不去。」汪大燮道：「到今日的地位，看我們中國的光景，那裡說得公法。」

各代表員至此，見汪大燮苦苦以戰事恐嚇，即道：「大人處所言，非我們所敢參議。戰和兩字，自有政府裁度。我們代表，只為路事而來，所有許可權，只能與聞廢去草約，餘外皆非我等許可權所及。此說方才早已言明，若大人見諒，自是好事，倘若不能，我們唯有回省照復，不必更說其他。」汪大燮此時，覺不能再說下去，即道：「不過彼此參酌，並無別的。諸位不必便回，待我把諸位宗旨及所有許可權，向袁尚書細述，然後再商便合。」

各代表便即辭出。回至寓裡，暗忖：「今日聽得汪大燮言論，全是把持。只把外交煩難來推倭，又只把戰事來恐嚇。看將來，一切什麼歸外人所辦，及什麼借款自辦，統通只是汪大燮把持。若汪大燮不去，此事終沒了期。」立即把相見問答情形，寄複本省。至此蘇浙人士皆嫉汪大燮，以為袁世凱的主意，只系汪大燮一人播弄。故又紛紛電致北京政府裡頭，力斥汪大燮之非，並申明代表員到京的許可權。又攻擊汪大燮誤國媚外，速宜治罪等語，弄得汪大燮手足無措。隨後各代表員以此事終難轉圜，因汪大燮並不言及可以自辦的話，屈計十天期限已滿，只得函告外部，要如期回省，即附輪南返。

第二十一回　拒借款汪大燮出差　遭大喪袁尚書入衛

那汪大燮老羞成怒，轉向袁世凱面前，說許多蘇浙人的壞話，反令袁世凱憤怒。因誤國媚外這一句話，汪大燮也指是蘇浙人謾罵袁世凱的，那袁世凱安得不怒？因此不免堅持借款自辦一議。後來畢竟民氣難抗，英人又肯順些情，把此件交涉放下了。朝廷又知汪大燮為國民仇視，即把汪大燮離開外部，派為出使英國考查憲政大臣，使離開北京。所以當時蘇浙的人，又不免多集怨於袁世凱。這都是後話，倒不必細表。

單表袁世凱自任外部尚書軍機大臣，最後一年，正是光緒三十四年。那時光緒帝日在病鄉，到了初冬時候，病勢更重，也聘過幾個御醫請脈，終不見有點起色。偏又事有湊巧，到那時清太后又染了一病，頗覺沉重，也到頤和園養病去了。那時兩宮既病，故十月內一連十數天也沒有視朝。

偏到十月二十一那一天，光緒帝竟一病不起。當時宮中不免紛亂，因光緒帝登位之時，論起昭穆，本有些不合，因同治帝歿時，也沒有儲君，就以光緒帝人嗣，不過仿兄終弟及之制。

故當時就有人議論，以為同治帝沒時，應立同治帝的侄子方為合法，今仿兄終弟及之理，與當朝家法不合。不過太后以若立同治弟的侄子，就須立恭親王的孫兒，怕恭王當權，實於自己不便，是以改立光緒帝。這樣，全是當時太后的私意，為自己執權起見。又因故立光緒帝之時，先把同治帝的死事隱住了，早令恭王查勘萬年吉地，使他先離了京城，然後令直督李鴻章帶兵鎮住北京，方才將光緒帝登位的。有這個形跡，益令人思疑。是以當時大臣，紛紛入奏。

更有一個吏部稽勳司主事吳可讀，遞了一本奏摺，即行自盡，這樣喚做屍諫。他折內的大意，以為光緒不應登位，將來必成個爭立之禍；雖太后諭旨中，有說明待光緒帝生有太子，然後入繼同治這等語。但若光緒帝一旦無子，將來必紛紛爭訟，故請當時太后不宜一誤再誤，當先立那一人為同治承繼的，待光緒身後，即行即位，以免爭端。果然被他說中了，到光緒帝於三十四年十月二十一那大歿時，竟然無子。

清太后憶起吳可讀一奏，又因那時恭王一派人甚盛，容易爭立，故清太后一意要立光緒帝的侄子，總須一人入宮坐鎮才好。猛想起當時朝中，唯袁世凱一人，最有機變，就令人官護衛。正是：

嗣位既思扶幼主，鎮宮還要靠權臣。

要知後事如何，且聽下回分解。

第二十一回　拒借款汪大燮出差　遭大喪袁尚書入衛

第二十二回　請訓政鐵良惑宮禁　遭讒言袁氏遁山林

話說因那時清帝病故，朝廷恐諸貴族為變，思召一重臣入衛。因當時慶王亦不在京，實國慶王掌執大權已久，恐他於嗣位問題有所梗議，故學從前遣發恭王的手段，借查勘萬年吉地之名，先令慶王領差出京。那時軍機中人，除了慶王之外，就算袁世凱是有權有勢的，故就令袁世凱入宮護衛，並商議大事。

不想清太后正籌思嗣位問題，又在病中，勢方劇烈，到次日，清太后又一病身故。還虧清太后早傳下遺詔，以醇王的長子溥儀入繼大位。那醇王本是光緒的胞弟，故溥儀就是光緒的嫡侄子，論理本該擇立。但這會擇立的法子，於光緒帝名下，只是兼祧，於同治帝的名下，方為承嗣；若就承嗣同治帝說起來，又不止溥儀一人方為合式。故清太后傳下遺詔時，實大費躊躇。只一面令袁世凱入宮，又一面與醇王商酌，立定了主意，以傳儀入嗣。

及到次日清太后歿時，京中謠言更多，因帝后俱亡，相隔只是一天，有此湊巧，自然令人疑惑。有說光緒帝死於非命的，又有說先太后實死於非命的，更有說光緒帝已死了數天，不過到那時方行開喪的。你一言，我一語，京中內外，倒是一般說法。唯有一點奇處，因各國駐京公使電報各本國，又稱清太后死之在前，光緒死之在後，與前說大為相反。更有湊巧的，當時拿了幾個太監，諭旨道他是干涉朝政，因此更有人傳道，先太后那日在南海小御輪中，夜裡被一個太監，不知何故，用槍擊中了左腿，傷重致斃的，故把那夜值差的太監，盡行拿了治罪，所稱因太監干涉朝政，只是一種託詞，這等語。諸說紛紛，莫衷一是。但就外國人所傳的說起來，是太后先死，還是近理，然究不過是忖惻之言，也沒什麼憑據，倒不必細表。

且說當時醇王，正在軍機行走，因宮廷遭此大變，自然在宮內商妥，立了自己兒子登位，然後把哀詔來宣布。在醇王本與袁世凱有點意見，因前年議創內閣的事，曾用槍擊袁世凱，此事本來刻未忘心，今偏召袁世凱護衛，只是太后的主意，自己自不好阻他。還幸袁世凱亦是扶助擇立溥儀的，因此把前時意見，本已消化了。

不想那時鐵良正在做陸軍部尚書，覬覦政權，已非一日。

唯心中最恨袁世凱一人，年前因為爭掌兵權，已多次衝突，今只望光緒殁後，袁世凱或失了權勢，自己才好謀入軍機。不提防嗣位大事，有許多宗室大臣也不召進宮中商議，偏召袁世凱一人，心中就不舒服。又怕新皇登位，念他援立之功，更加重用，可不是他的權勢更要大起來？便召集自己心腹的幾人，如學部尚書榮慶及學部侍郎寶熙，與及陸軍部參議良弼，會議對待之策。

那時良弼以鐵良得掌兵權，實出自他的手段弄來，今因不遷其官，已含恨鐵良不已，唯外面仍與鐵良周旋，故鐵良全不覺得。當下會議對待袁世凱，寶熙道：「今袁某入宮護衛，且與聞嗣位大事，顯有援立之功，料不能說他不好。今諭旨已將太后追封的大行太皇太后，而光緒後又已封為皇太后。

自咸豐以後，向由太后垂簾聽政，今改以醇王做監國攝政，料非新太后所喜歡。今不如密進宮中，恭請新太后垂簾。如此議能行，可料醇王失了權勢，那時新太后必感我們扶他聽政，自然用我們掌執政權，便可在新太后跟前，說先太后奪先帝政權之故，系袁世凱當戊戌一案，從中播弄。這樣，不怕新太后不治袁世凱之罪，是一舉而兩得也。」榮慶道：「此計大妙，即是一矢貫雙鵰。一來我們可以同進軍機，二來又洩袁世凱之恨。若是不然，不特我們沒有掌執政權之日，且將來援立功大，袁世凱將越加重用，即越有權勢，實是我們眼中釘刺而已。」鐵良道：「豪傑之士，所見略同，我亦以此策為最妙。但何以進言於新太后之前，且言了又安能得他必允？實屬有點難處。」

寶熙道：「有何難哉！今停靈在內宮，足下為親貴大臣，明日可人宮致祭，就向新太后說有要事密奏，新太后自然要設法密召足下入宮，自可以暢言。且若以醇王攝政，便權在醇王，若由太后垂簾，即權在太后，亦沒有不從的道理。」鐵良聽罷大喜。座中唯良弼不發一言。

到了次日，鐵良即獨進宮祭靈，覷醇王及袁世凱不在左右，即向新太后面稱：「有要事要密奏。」那時新太后聽得，正不知有何要事，只道宗室近支，有謀爭大位的事，便令太監引鐵良轉至別宮面奏。鐵良見了新太后，請過安後，新太后道：「外間有何要事，可面奏將來，也不必徇隱。」鐵良奏道：「先帝不幸賓天，臣等正不勝哀掉。但念先帝非不雄材大略，只以權不由己，遂致政不能發施。今皇太后不宜復蹈故轍，宜自主掌大權，以竟先帝之志。唯先太后遺詔，以醇王監國，似非不佳。但醇王年輕性躁，究不如太后之睿智聰明。故臣等多人意見相同，欲請皇太后垂簾訓政。昨夜與學部堂官榮慶、寶熙等相商，皆以此策為最要，迫臣人宮面奏。如蒙皇太后俞允，臣等必竭忠相輔，以圖自強。」

新太后聽了，意亦稍動，但以遺詔既以醇王監國，若自己一旦垂簾，便與遺詔相背，固懼諸臣不服，且恐醇王不肯相讓，那時宗室親貴，必以自己與遺詔爭權，亦斷不助己。此事看來怕不易行。故此心中躊躇不決，便向鐵良面諭道：「卿言亦有理，但遺詔已定，不易更改。此事容我細想之，倘若可行，必從汝請。今宮中耳目較多，不便多說，汝宜早退。」

鐵良此時已不敢再留，唯頻行時，仍再奏道：「太后宜自打算，勿遲疑誤事。倘太后允行，料諸臣必不敢抗。若有面諭之件，請隨時召臣進宮，俾得面聽聖訓。」說了即行辭出。即把面奏情形，對榮慶等說知，以為新太后盡有些意思，當可允準，正喜不自勝。唯當時新太后細想：「此事行之不易，恐勉強要做，反鬧出亂事來。」因此不敢，就把鐵良所奏的話，已按下了，再不提起。

那時，鐵良一天望一天，終不見太后再召自己進宮議事。

再過三兩日，仍無訊息。料知此次願望一定落空，心中反不免徬徨起來：因恐此議一洩，以太后垂簾，必奪了醇王權勢，若被醇王知道是自己請諸新太后的，必怒責自己，那時欲謀陷袁世凱，反為袁世凱所乘，自己反弄個不了，如何是好？即急與榮慶、寶熙等計議。連榮慶、寶熙二人亦驚慌起來，轉問良弼有何解救之法，良弼道：「此策不是我主張的，我那裡覓得解救的法子來，不要問我罷。」鐵良道：「彼此都是同心的人，你為何說此話？」良弼聽了，唯低頭不語。

此時鐵良亦不暇多責良弼，只要與榮慶、寶熙商議計策。

寶熙道：「我們所仇恨的只是袁世凱一人，因他並不是我們親貴的，競把大權落在他手上，是以不服。若我們失敗，便是袁世凱更為得勢，我們斷不甘心。今不如反言袁世凱密請新太后垂簾，以奪醇王攝政。在醇王跟前說這些話，那時醇王必怒，怒則罪袁世凱必矣。足下以為然否？」鐵良道：「只怕醇王不信。」榮慶道：「年前因議建內閣的事，醇王曾欲擊袁世凱，是袁世凱為醇王仇嫉久矣。由此進言，不患醇王不聽。且自兩宮歿後，袁世凱日在宮中，謂他進言於新太后之前，亦近情理。此策盡可行之。」時鐵良聽到這衛，亦以為然。

那日鐵良見了攝政王，便奏道：「那一天袁世凱在宮，曾與新太后密談，監國殿下究知其事否？」攝政王道：「予一概不知。那袁世凱是說什麼事，要向太后密奏。你有聽得沒有？」

鐵良道：「此話臣實不敢多言，臣以為殿下在宮中早已知得，故以言及。」攝政王道：「連日我一頭要理兩宮大喪，一頭又打點新皇即位，宮內瑣事也沒有閒心查究。你若有所聞，不妨直說：」鐵良故作半吞半吐，隨道：「聞袁世凱密奏新太后，以新皇得嗣大統，本非先太后主意，不過殿下劫先太后留此遺詔，以圖子為天子，己執大權而已。且謂殿下在太后跟前，說稱新皇實繼承同治皇帝，於大行皇帝不過兼祧，就謂新太后不宜過問國政等語。故新太后當時大怒，袁世凱就力請新太后垂簾，像先太后故事，自行訓政。並言與慶王爺商妥，必竭忠相輔，以佐新太后，務達垂簾的目的。後來新太后，不知因什麼事，不允準行，臣卻未曉。今只直陳於殿下之前，望殿下總要祕密查察方好。」

那攝政王本是個少年氣盛之人，世事閱歷還少，故聽得鐵良之語，正如怒火交飛，衝冠而出，徐道：「你從那裡聽得來？」鐵良聽了此問，幾乎對答不出，乃故作難言之狀。攝政王復催他直說。鐵良道：「宮內太監多有聽得的，且袁世凱在臣跟前，亦說過以新太后訓政為宜。臣料此事是不假的。」攝政王至此更怒不可遏，即道：「新皇人嗣大統及我得任監國，當時袁世凱亦在場贊成，他如何一旦說這些話？」鐵良道：「他性情最狡，定然一面巴結殿下，一面又欲巴結新太后，以圖攬權固寵。因殿下嚴明，他不易作弄，實則欲得新太后垂簾，以圖自便久矣。殿下總宜留意。」

第二十二回　請訓政鐵良惑宮禁　遭讒言袁氏遁山林

攝政王道：「袁世凱那廝，因從前議建內閣，我曾反對他，幾至用武。想他仇恨在心，放要謀算我，亦未可定。但他既如此可惡，你道怎樣對付他才好？」鐵良道：「此等人多一天在朝，即多一天為患，自應早一天設法。殿下試想，他並不是我們親貴中人，那裡有真心來待我們呢？故此人斷留不得。至於如何懲治，殿下自有權衡，臣不敢擅擬。」攝政王道：「現在國恤期內，不便治他的罪。待過三月後，再作區處。」時鐵良心中正懼自己所謀洩漏，恨不得早一天譴發袁世凱，方自安心，故不時在攝政王跟前進言，都是不利於袁世凱的。

在袁世凱亦知鐵良不利於己，但他暗請太后垂簾之事，推在自己身上，實在不知。且以新主既已登位，又不知攝政王待自己的意見何如，故先具了一折，自稱足疾，即請辭退。因袁世凱自念：「自己所恃的只是慶王，今慶王的權力，已不像從前，自己實木可急流勇退。若一旦被監國開了疑忌之心，實在不了。」故先遞這一折，志在探攝政王的意見。不想此折一上，攝政王並不曾商諸軍機，立即發旨，準其開缺回籍。

那旨先到軍機裡頭，軍機中人無不大驚，交相替袁世凱向攝政王說情。那攝政王卻向諸軍機道：「你們倒不必替他說話。我準他開缺，已便宜他的了。」諸軍機又不知鐵良搆陷之事，只疑攝政王所說，不知袁世凱有什麼罪名，更不敢置喙。袁世凱得了這點訊息，亦只疑攝政王因前者爭建內閣，懷了意見。

想：「他如此量小，自己在朝，亦是不便。」即立刻出京，從前知己都不往拜辭。只往慶王處一談，相與太息一會而別，即搭車回河南項城本籍。可嘆一世暄赫，如此下場。

後來攝政王亦漸知請太后垂簾之事，只是鐵良所為，推在袁世凱身上，此時已悔之不及。後又因東三省交涉棘手，被日人調兵間島，賺取南滿路權，京中各員都道：「如袁世凱在日，斷無此事。」因袁世凱任外部時，頗有點聲望，為外人畏服，滇弁槍斃法員一事，被法使要索革錫良，賠重款，求礦務，聲勢洶洶，不數日間，已由袁世凱得和平了結。因此之故，攝政王也思念袁世凱。上來恨鐵良造作讒言，自己誤信，也不好告人；二來又見時事艱難，非袁世凱無以支援大局，便欲起用袁世凱。唯袁世凱以時局不易挽救，同僚又未可共事，監國又多疑，且自己開缺之後，不一月，又革去自己的所用的陳壁，故袁世凱益發灰心，只勸其子方任農工商部的袁克定，小心服官，自己已誓不復出，只在衛輝經營園林，為終老之計，已屢召不起云。

電子書購買　　爽讀 APP

國家圖書館出版品預行編目資料

宦海升沉錄，帝國的夢與民國的觸摸：袁世凱的風雲人生 / 黃世仲 著 . -- 第一版 . -- 臺北市：複刻文化事業有限公司 , 2023.12
面；　公分
POD 版
ISBN 978-626-97907-8-4(平裝)
857.7　　112017599

宦海升沉錄，帝國的夢與民國的觸摸：袁世凱的風雲人生

臉書

作　　者：黃世仲
發 行 人：黃振庭
出 版 者：複刻文化事業有限公司
發 行 者：複刻文化事業有限公司
E-mail：sonbookservice@gmail.com
粉 絲 頁：https://www.facebook.com/sonbookss/
網　　址：https://sonbook.net/
地　　址：台北市中正區重慶南路一段六十一號八樓 815 室
Rm. 815, 8F., No.61, Sec. 1, Chongqing S. Rd., Zhongzheng Dist., Taipei City 100, Taiwan
電　　話：(02) 2370-3310　　傳　　真：(02) 2388-1990
印　　刷：京峯數位服務有限公司
律師顧問：廣華律師事務所 張珮琦律師
定　　價：320 元
發行日期：2023 年 12 月第一版
◎本書以 POD 印製